MIRROR IMAGE 镜像

朱燕玲工作室

中信出版集团｜北京

图书在版编目（CIP）数据

甜蜜点 / 须一瓜著. -- 北京：中信出版社，2024.
11. -- ISBN 978-7-5217-6798-8
Ⅰ. I247.5
中国国家版本馆 CIP 数据核字第 2024819K6K 号

甜蜜点
著者： 须一瓜
出版发行：中信出版集团股份有限公司
（北京市朝阳区东三环北路 27 号嘉铭中心　邮编　100020）
承印者： 河北鹏润印刷有限公司

开本：880mm×1230mm　1/32　　印张：6.25　　字数：117 千字
版次：2024 年 11 月第 1 版　　　　印次：2024 年 11 月第 1 次印刷
书号：ISBN 978-7-5217-6798-8
定价：49.00 元

版权所有·侵权必究
如有印刷、装订问题，本公司负责调换。
服务热线：400-600-8099
投稿邮箱：author@citicpub.com

所谓"甜蜜点",指的是在击球的瞬间,球与杆面发生的最佳接触区域。如果击球的部位正好在"甜蜜点",我们可以认为能量没有损失,打出的球会又直又远。反之,离"甜蜜点"越远,能量损失就越大。

楔 子

心里有事的人，听不见音乐；有心事的人，也看不见月亮。哪怕那是一生难遇的最大月亮。而月亮之下，在那个寥廓旷远的山海之间，有心事的人太多了。

这是五月的一个春风沉醉的晚上，初升不久的红黄色的巨大月亮，透过佛光寺十一层的舍利塔八角飞檐，照耀着山下的湿地公园。湿地公园占地两百多公顷，狭长如日本列岛。靠海的那一段，为湿地公园前区；靠天枢山的佛光寺一带为后区。忽然被重视的湿地公园，前区开发得比较早，那里水域更充沛，有几个人文主题园区，黑天鹅湖、芦苇雕塑群、陶然美食长廊、书画休闲岛、古琴竹韵苑等，节假日人声鼎沸；后区则野气荒芜，沼泽与山石交错，山枯水瘦，游客稀疏，一派天然的原生态荒凉感。所以，在那个年度最大月亮之夜，前区游客灯火通明，后区依然是清幽月色统领江山寂静。

但还是有一些与众不同的赏月人选择这里。

一个女人把车子停在后区的一小片木麻黄林沙坡边。已经是汽车断头路了，但有一条石板小路，可以通往天枢山山门。她下了车，轻车熟路地走向右侧的一条野草匍匐的草径，草径则通往海边的一条废旧短石坝，仿佛被弃的小码头。石坝的两边，乱石交错，红树林稀疏。她一直走到石坝的盲端，远方，能听到海潮哗哗，有点单调。她在一堆废弃的石料边，铺下了一块旅行毯，悠然斜倚在旅行地毯上，不知怎么她手里就有了一个苹果。咬苹果的沙沙声，呼应着前方海水的哗哗声。奇异的和谐感，让她笑起来。她打了一个电话：到哪了呀？——快点啊！月亮刚好被佛光宝塔的飞檐挂住了，你再不到，它就离开宝塔啦。

　　巨大的月亮，由砖红转为粉黄。砖红色的时候，女人觉得用一根别针刺破它，它就会像没有煎熟的荷包蛋那样，流出浓稠的蛋黄般的月汁。她背靠石料堆，看着它由红转粉黄再转白，并在渐渐瓷白的过程中，又升高了两层宝塔。女人等候的人还没有到。这时，几个提着烧烤架、吉他和啤酒箱的青年男女，沿着废旧石坝，嘻嘻哈哈地也走到了石坝盲端。他们显然也看中了这个海天一色的最佳赏月点，看到已经有人捷足先登，显得集体懊丧。女人看出了他们想挤掉她的企图，说，我朋友马上就到。

　　三男两女互相张望着，收起烧烤架，怏怏离去。

　　走下短石坝，他们往西而去。这五个年轻男女，其中一个人，因为食堂饭卡不慎落地，低头寻找的时候，他看到有辆车开进后区，远光灯雪亮开道,车子停在了木麻黄林边。找到食堂饭卡的小伙子,赶到伙伴们身边还叨咕了一句:那女人的同伴来了。这些绝了念想的年轻人,把赏月地点,改在了两方莲花塘中间的莲香拱桥。莲香拱桥的百年石缝里,青草劲生。拱桥前方,整个天枢山沐浴在月亮的光辉中。沿山形蜿蜒的寺庙黄泥外墙,在近乎白昼的月色下,新美如画。莲香拱桥的护栏两边,都是基本干涸的池塘,不过,等改造工程推进到这里,这些池塘会恢复水波荡漾。"曲曲折折的荷塘上面,弥望的是田田的叶子。"一个女孩很文艺地来了一句。一个小伙子马上接腔,语调是苍茫压抑的鬼腔:沿着荷塘,是一条曲折的小煤屑路。这是一条幽僻的路;白天也少人走,夜晚更加寂寞。荷塘四面,长着许多树,蓊蓊郁郁的。没有月光的晚上,这路上阴森森的,有些怕人。今晚却很好,虽然是超级月亮,却一派鬼气蒸腾……

女孩子尖叫,夸张地踢打用鬼腔编造《荷塘月色》的小伙子。

——月光响亮的白夜啊。一个小伙子在用别的方式,吸引女孩们关注。

这帮有情调的小文青,没有想到两天后,他们看到了全市爆炸性新闻,就是那个时间、那个地点,一对情人在那个石坝盲端被杀。啊,我们看到过那个女人!我们看到了那个男人的车!凶杀就发生在我们身边——就在荷塘那一边!我们可能看到了凶手!年轻人兴奋大于惊恐,他们浮夸地讨论说,其实我们已经提前感受到杀气。那个晚上,那个时刻,绝对是不吉祥的。连女孩们都发表意见,一个说,我就说那天晚上的月亮,像个血月亮;另一个女孩说,在西方,在中世纪,人们都相信满月使人精神错乱。"疯子"的英文单词lunatic就来源于拉丁文中的"月亮"lunar呀。

当警察辗转找到他们取证的时候,他们说话就挤掉了水分和文艺腔。捡食堂饭卡的人说,当时弯腰寻找中,感到身后,远远地,是有一辆SUV车停到木麻黄林边,雪亮的灯柱还晃到过他,但他没有注意有没有人下来,就追着伙伴们走远了;而那个自称看到凶手的小伙子说,他下了莲花桥在僻静处撒尿的时候,看到一个穿自行车骑行服的青年,大步穿过木麻黄林。虽然月亮很亮,但是那人戴着骑行帽、围着骑行面巾,面巾上是黄色夜视镜,看不清脸。个子不高,动作敏捷。不过,他马上承认,湿地公园这条路上,骑行者一向比较多,也许他也是停车撒尿的。他补充说,那个人身形矫健,绝对是户外运动者。他不再吹牛说那个男人是凶手。

他的谨慎措辞,后来被小伙伴们认为是恰当的。果然,又过了三周多,五月下旬吧,媒体的长篇报道出来了:《超级月亮下的超级嫉恨——一警察对出轨妻子及情敌的残暴虐杀》。文章说,女人的丈夫,一个打黑警察,因为嫉恨,用角钢劈烂了幽会中的情敌的脑袋,劈掉了妻子半张脸。两具尸体是在次日下午被一个湿地施工队发现的。凶手对自己的犯罪行为及过程供认不讳。

"那天的月亮,比平时亮百分之四十,也比平时的满月大百分之十五,但显然,那个年度最亮的月亮,照耀着人间的超级嫉恨。"——文章的结束语这样说。

一

彭景甚至不知道那天晚上的月亮是年度最大的月亮。早在几天前，是有媒体在叨叨，年度最大最亮月亮来了。就像过去说的流星雨一样，他没有去注意具体是哪一天，这样自然也就模糊了好时光。妻子小鹿也没评说过一次超级月亮，不然，他想，他会有印象的。午休前，小鹿打来电话，那也是她的最后一个电话，她说，今晚要给一个孩子上课，在安延区哦，太远了，我干脆下班后，在外面随便吃点，直接去上课吧。彭景说，好。我也加班。小鹿说，那我叫我爸妈也不做你的饭了。彭景说，嗯，好。

但最终彭景也没有加班。本来约好要见面的举报辛口村村委会主任恶行的卖水暖的夫妇，临了说有事不来了。举报人曾致电打黑办控诉，说辛口村两百亩盐场改造招投标是假的。他们去参投，被人莫名其妙打得耳骨爆裂、小便失禁，赶快逃离。后来村委会主任中标，转包他人获得暴利，他们才知道对方是当地黑老大。线索转到了司阳公安分局，彭景所在的司阳扫黑大队，准备接待这对夫妇。但是，他们临阵变卦了。举报人放警察鸽子，或证人反悔逃避，也是经常遇见的，更有甚者，有人举报后又畏惧黑恶势力，出卖暗访查证的警察，害得调查的便衣被揍得半死。这也是扫黑除恶工作推进艰难的原因之一。报载称，去年，本市"打黑办"受理举报电话近两千人次，接到举报信、接待举报一千多单，从中发现涉黑恶线索一百多条。对受害人而言，"黑恶"是他们生活的高度痛点。当然，也有情绪化的危言耸听。很多人一怒之下，举报信第一句赫然就是：某某某是黑社会！信马上就转到打黑除恶这一口了。一查，夸大其词、虚张声势，不过普通纠纷，无非是气愤不过，就这么来一句泄恨。所以，一激动，就说某某是黑社会，一冷静，就放警察鸽子。反正什么情况发生，在彭景看来，都很自然。所以，卖水暖的夫妻爽约，他无所谓。既然妻子跟岳父母说了，不做他的饭，他便在分局食堂吃了晚餐，然后，换了便衣和跑步鞋，乘公交车到了云山路口，开始跑步。

　　云山路，沿着云山山脉，一直通往郊外，单程七八公里长，还有专用的红色塑胶跑道，沿途夹竹桃、三角梅绚烂，有一个地段则是茉莉香气馥郁。所以，时间充裕时，彭景就会在那里跑一个来回。十几公里跑下来，两小时不到，浑身湿透，精疲力竭而身心欣快。彭景是在跑步时蓦然发现今天的跑道特别明亮，进而发现超级月亮的。整条云山路，能见度高得简直可以看书。回家后，估计岳父母没有去遛豆包，他就把院子里的豆包直接牵了出来。岳父母不喜欢狗，尤其是土狗，对女儿女婿度蜜月捡回的土狗豆包，非常不满。豆包居然还是空运回来的，在岳父母眼里，这简直是败家子所为。所以，岳父母退休到南方客居，对小鹿夫妇的第一个要求就是，豆包不能进屋！只能拴在院子里。这令彭景不快，但乖巧的小鹿给豆包买了一个尖顶木屋，说，我爸我妈在我们这里的时候，豆包就暂住院子里吧。没想到，狗木屋那么贵，让老人又很生气。更没想到的是，小鹿父母退休后的头一两年，还是经常返回北方，天天念叨，北方这好那好，可是，渐渐地，他们回去的时间越来越少，不只冬天、秋天在南方，甚至夏天、春天也不太回去了。他们适应了潮乎乎、黏糊糊的南方。最后，稳定的南方生活开始了。对此，彭景几乎掩饰不住焦躁。岳母个性天真或喜欢天真，总是不敲门就直闯小夫妻卧室，少女一样嬉笑而入，仿佛不知天下有隐私，而且，她用这种纯真举动告诉对方，你们肯定也没有见不得人的东西。如此数次，彭景意兴阑珊。此外，两人世界被彻底拉扯变形。本来居家过日子，观点看法难免不一致，但是，现在，小夫妻只要有分歧，立刻就变成三打一。彭景在背后厌恶地说，让你爹妈早点滚吧。小鹿说，如果你让我爸妈知道了你的卑鄙心思，你就别想我再跟你回东北看你爹妈！

让小夫妻一致生气的是，小鹿父母对豆包的忽视与冷漠。这倒让他们夫妻同心。但彭景一旦表达，小鹿又会不顾原则地维护老人意见。这样下来，老人觉得豆包就是女婿执意不放手，十分可恶。

因为家不再如过去那么单纯宽松，也因为忙，彭景经常加班，早出晚归。他经常在单位吃饭，尽量避过日益主政的老人。如果避不了，在家，他几乎不跟他们说话。岳父母也不是迟钝的人，背后就跟女儿告状说，一天到晚不吭气，跟他说话，都是回答你一两个字：嗯。知道。好。行。不要。我们就是保姆，也要一点尊重吧。岳父说，不就是个中队长，这么骄傲要不得！老人家敢于生气，关键是他们明白，回燕小区，是他们女儿单位分的房子。这等于还是住在自己家，反过来，彭景倒有点像外人了。

当然，最凄惨的就是豆包。用小鹿的话说，外公外婆过来常住以后，豆包再也没有回屋住过了。豆包并没有像小鹿预计的那样感化老人，相反，老人越来越明显地排斥豆包，说，赶紧生个孩子！把不该养的送掉！遛狗也是问题。如果女儿女婿忙，请求老人带豆包走动一下，放掉狗屎狗尿——不能说遛。只能从卫生角度出发，不然院子里很臭。他们倒也愿意了。但一般是，豆包一拉掉屎尿，马上就被牵拽回院子。说起来，到小区后的电台山走走，风景很不错的。但后来老人听本地人说电台山上，以前是个杀人刑场。老人家就坚决反对上山遛狗了，怕阴气重。所以，最多带豆包往农贸市场方向走走。自己不进电台山，女儿也不许去，尤其是晚上，女婿去了，最好在外面撒泡尿回来，必须把山上的邪气什么的祛掉，才能进屋。

在那个月亮又大又亮的白夜，彭景跑完步，没进屋，就到院子里解开豆包的绳子。一人一狗，直接往小区后的电台山路走去。回燕小区的房子，是市青少年宫分的房改房，就在电台山脚下。电台山说是山，其实不高，只是一座曲折幽深的平顶山冈。上山的路，曲折如"乡"字，在仅可两车交会的小山道上，沿途绿荫错落，茂密高大的老芒果树，两边枝叶相拥成穹顶。沿着"乡"字形曲折至极的绿色隧道走，一人一狗就豁然到了山顶。山顶开阔寂静，一栋电信旧楼里，几盏加班的灯光昏然欲睡。该单位已经搬迁到新区办公大厦，剩下零星扫尾人员。这栋二十世纪八十年代的平顶旧大楼，前面是一棵巨大的橡皮树，树下是一排停车场。大楼侧面是荷花鱼池和紫藤深覆的假山，一座仿木水泥亭子。沿着观景亭子边的小径，就是通往大楼后面大片葳蕤的杂树林子，盆架子树、李子树、苦楝、小叶榕、石榴、不怎么结果的老芒果树、棕榈、旅人蕉、大叶榕、印度紫檀。树林间血管似的幽静小径边，散落着一些永远有落叶和鸟粪的石桌石椅。看上去它们都很干净，坐下去，肯定满屁股灰。

月光如淡金色的天水，濯洗着明亮寂静的山冈。因为四下无人，被解开牵引绳的土狗豆包，在如水的月光中奔跑跳跃，反复冲锋到树木深处，追野猫、惊山鼠，不亦乐乎。彭景坐在仿木亭子前的小鱼池边，蛙鸣如潮。池边半浸着几块石头，一块最平整的大石边，是一大蓬斜倚探水的三角梅，另一边是半人高的杜鹃花丛，遮挡性很强。每次彭景都喜欢坐在这里，或两脚踩地，仰躺在石头上，抽着烟,看着天,看着观景亭顶上厚厚的落叶,等着豆包在山冈上疯跑几圈,再一起回家。

小池塘里,鱼儿不时在亮眼的月光中跃出水面。

一瓣白色的杜鹃花瓣,无声地落下,飘落水面。

这个时候,妻子小鹿已经在超级月亮下,命归黄泉。

这是彭景最后一次遛狗。

二

彭景进门的时候，老人家已经睡了。他知道，老人生活很有规律，一般晚上九点半就上床，早上四五点就起来了。一听到彭景进门的声音，岳母就迎出来了，一直看着他的身后，说，你们没一起？

小鹿没回？

岳母说，打她电话，都没人接呢。

小鹿平时私下授课，最晚十点就回来了。现在已经十一点多了。彭景掏出电话。电话响一声就转短信了。他说，可能没电了。你先去睡。彭景洗澡前后，分别又打了四五个电话，都没有人接。他隐约不安了。可是没有寻找方向，不知道她今晚给哪个孩子上课。偷偷做家教，给孩子上长笛课，是工作之余的私活，同事不一定可问。彭景也不知道她现在手上还带着几个孩子，只知道今晚上课的孩子，家在安延区，离回燕小区十多公里。夫妻俩只有一辆车，平时都是小鹿在开。没有车，又没有方向，而且夜已深，不便惊动她的朋友同事，彭景只能在家干着急。大约凌晨一点四十，他打了110电话，询问安延区一带有没有车祸。对方说有两起车祸，但都不是小鹿开的那种红色海马。

小鹿也一直没有回电。结婚七八年，这是从来没有过的。即使他们闹小别扭了，她懒得打电话，也会短信留言，告知去向什么的。彭景越来越不安，电视节目实在看不下去，电话在手里翻来翻去。有一次听到院子里豆包忽然叫起来，以为小鹿回来了，连忙开门出去，却什么人也没有。

早上七点一过，他开始跟小鹿的朋友、同学、同事联系。这些都是走动比较多的人，但是，无一例外，他们都不知道小鹿在哪里。到了单位，他找到市局情报资料部门，询问昨晚是否有出现不明尸体的情况，也没有。彭景给青少年宫小鹿办公室打了第三个电话，接电话的人说，小鹿还没有来上班，也没有请假。

彭景感到绝对出事了。他借了车，直接到了青少年宫。办公室的人也热情地帮打了好几个找人电话，但都没有任何消息。自然也打听不到安延区上课孩子的家，但彭景还是模拟着小鹿下班去安延的线路，开了过去。毫无收获。这期间，他不断打她的电话，不通不通不通。家里的老人已经慌乱了，他们不断地拨打彭景的电话，因为没有结果，因为烦躁，彭景总是一句话：没找到！或者，别打了！找到我自然会说！就挂了电话。后来，岳母一打通，话未出，哭声就传来了。彭景直接扣了电话。他根本不愿意和他们说自己的焦虑，自己的苦寻，自己的担忧。甚至，老人家越着急，他就越讨厌。这个尚未做父亲的人，似乎还不能理解做父母的心。

这一夜比前一夜，更加煎熬。彭景半夜十二点才到家，他没有去遛豆包，直接进了自己房间。岳父母也没有睡，一看到他，他们就急着要听他的想法。彭景把他们关在了自己卧室外，然后他听到了岳母号啕大哭的声音。彭景在里面使劲堵住耳朵，岳母却没有停下来的意思，相反，他听到哭声的空隙，两位老人在公开地谴责：没心没肺啊，出这么大的事，还照吃照睡，一点都不担心老婆死活，只顾自己睡个死啊！我们人生地不熟，不然我们早就去到处找人了……

彭景猛地打开门，门开得过于用力，打到墙又反弹欲关，他狠狠踢了一脚门：——吵什么？！都去睡觉！

老人呆怔了一下，岳母大声擤了一把鼻涕，直接甩在了地上，说，你倒好，你当然睡得着，我们可是一分钟都睡不着，小鹿到底在哪里？活不见人，死不见尸……

岳父一把捂住了她的嘴：说什么鬼话你！

——够了！都回屋！你们明天可以睡到自然醒，我还要上班！

岳父母互相看了一眼，公开交换眼神里的仇恨火焰。但是，他们也是第一次看到女婿这么放肆、这么恶狠狠地对他们说话，一时没有应对经验。女儿不在，这个家似乎马上就不像他们自己的家了。老人又焦急又愤怒，但还是交换着眼色，互相暗示着，回了自己房间。

日久见人心！

变死了这个人！

他们在屋子里也同样恶狠狠地咒骂着。

第二天，他们的女婿并没有按他自己说的那样正常上下班，大约是下午三点，他的领导、司阳分局有组织犯罪侦查大队大队长老谢过来问他吃中饭没有，他说没有。谢大说，走吧，我陪你到外面吃点面。彭景就和他一起离开办公室下楼，一到楼下，突然地，几个人扑上来就把他按住了。彭景莫名其妙，这不还在分局院子里啊，他挣扎着大喊：怎么回事？！要干什么？！他冲着谢大的身影喊——谢大！妈的怎么回事啊？！

谢大已经上了车。按住彭景的几个人，七手八脚地搜了他的身，然后把他推进了车里。彭景开始还怒吼了几声，发现大家死一样地沉默，他也不再吼叫了。他知道没用。同时他想，没有什么大不了的，有什么误会解释不清呢？这个时候，他还没有想象力把自己和小鹿的失踪联系起来。他很困惑恼火，但并不害怕。彭景到底还是判断错了，车子直接开进了市局刑侦支队大门。他看到重案大队的老丁走过来，笑了一下，似乎想说什么，但又泄气了，连带着脸上的笑容，都很别扭。所有的人都不看彭景，熟悉的，不太熟悉的。一拨人没有表情地把彭景带进重案大队三楼的一个空办公室。两个小时都无人进来，彭景独自枯坐着，心里惦记着小鹿的情况。但手机已经被没收,他不知道是不是有好的消息已经传回来了。大约是暮色渐起的时候,门轻声一响,他扭头看见曾经和他工作配合过的市刑侦支队重案大队洪彦,吹了一声口哨,一瓶矿泉水就抛了进来。彭景接过的那一瞬间,门已掩上。洪彦青春帅气的脸,消失了。

三

　　早知道接下来会二十多天日夜不能睡觉，那么他在空办公室枯坐的时候，一定会设法让自己眯一会儿。作为一个训练有素的人，他知道越艰难的情况，越要照顾好自己。后来那些生不如死的炼狱日子，让他痛悔独自在那空办公室的发呆枯坐，实在是天大的浪费。

　　大约是晚上七点，彭景所在的司阳分局局长老孟、市刑侦支队副支队长何大头和重案大队的大队长老丁几个走了进来。洪彦也进来了，夹着讯问笔录本。两个年轻警察，给他戴上了手铐。彭景觉得太过荒唐，就像看别人被铐上一样，迟钝地看着自己的手。老孟看了一眼自己的部下，不知道是对谁点头，他点着头，环顾着这间办公室，说，嗯，好好想，慢慢说。政策、流程、工作方式，你比谁都熟。这么熟了，彼此不要浪费时间。

　　我妻子回来没有？！

　　似乎有个年轻的警察发出轻笑。但因为无人同步反应，那鼻息似的笑声便戛然而止。屋子里却因为这个无人共鸣的笑，氛围古怪。老孟说，我还有个会。何大头没有表情地看着老孟出去，然后把眼光平移到彭景身上。彭景盯着他。彭景和他不算熟，但是，新入职的时候，听过他的两场培训课。何大头个性暴烈，语速极快，自负乐观，雷厉风行，都给新人留下不好惹的印象。

老丁看了一眼做笔录的洪彦说，开始吧。你先说说五月六日这一整天的经过。彭景说，有我妻子的消息吗？依然是无人回应。彭景感觉到了什么，沉默了一会儿，他把自己从早上起床开始，直到晚上遛完狗回去，说了一遍。他说，我现在急着知道我妻子的情况。先把手机还我一下！

何大头拍了一下巴掌，赞许地嘘了一口气：这表情到位。好。你把当日下班后的情况，再仔细说一遍。彭景皱着眉头，又说了一遍。

你妻子说晚上给人上课，你就说，你也要加班？

是。

为什么又不加班了？

反映情况的群众不约了。

你妻子几点打电话，说晚上不回？

中午，大概一点。

群众爽约，是几点联系你的？

那是短信。我是午休起来看到的。

那短信时间，是比你妻子来电早，还是晚？

我没注意。我反正是午休起来看到的。

那短信比你妻子的电话早到。

你什么意思？

从时间上，你可以告诉妻子正常回家的。即使午休起来看到取消短信，你还是可以回家的。因为你不需要加班。但是，你没有回去。

对。

为什么？

不想回去。这很正常。我去跑步了。

有人看到你跑步吗，在你说的云山路？

也许有人看到我。

跑了多久？

来回十七点六公里，跑了两小时零四分。

记得很准哪。

春节后一直忙着加班，很久没跑长路段了。所以，特意看了时间。

几点到家的？

十一点左右。

你在分局食堂吃完晚饭是几点？

七点十分。

然后，你就乘公交去了云山路口？

对——不，我还到办公室换了衣服、跑步鞋。还充了点电。手机快没电了。

充了多久？

二十多分钟吧。

那就是说，你七点半离开单位。

差不多吧。

好。何大头指了指手腕，听说你有个运动手环？能记录你的运动路程、时速、时间？

手环丢了。

丢了？！

对。

这个能够证明你跑步时间与路程的手环——丢了？

对。

难得有闲跑十几公里，居然手环丢了，没得记录了？——怎么丢的？

等想起来时，发现已经不在手腕上了。我妻子知道我丢了有大半个月了。

嘿，你妻子！没错。她当然知道。

从司阳分局打车到湿地公园，半小时够了。是吧？

彭景盯着何大头，又转而瞪着老丁。职业的本能，他确定小鹿出事了，而且他被何大头盯上了。湿地公园？但安延区不在湿地公园。彭景的迟钝、空洞、思虑，丝毫的表情变化，老刑警何大头都尽收眼底。

老丁把一个小塑料袋装的一颗银白色警服纽扣扔在桌上。

你警裤的后兜纽扣呢？怎么少了一颗？何大头问。

彭景说，我不知道。但谁都清楚，警裤纽扣质量差，很容易掉。

是啊，就你的掉现场了。

怎么就认定是我的？！

那好，根据现场的"嗅源"，警犬在七八件衣服里挑出了你的衣服。这又怎么解释？

是什么"嗅源"？

老丁把一个带有球形小陶器挂件的钥匙串，放在桌上。隔着小塑料袋，彭景也认出，是他的家用钥匙。钥匙串上的球形小陶器，是小鹿外出旅行时买的。彭景一眼就反应过来，小鹿又拿错钥匙串了。因为家里有老人，他经常不带家门钥匙。办公室的钥匙，都在包里。而小鹿每天带，是要在下班后去信报箱拿报纸、信件。而拿错钥匙的错误，她经常犯。因为他俩进门都喜欢把钥匙串顺手放在鞋柜上，每串都是四把钥匙，又都有同款小陶器挂件，区别是，小鹿的小陶器上的绳子是暗红色的，陶器上写的是"惜福""感恩"；彭景的挂件绳子是暗蓝色的，陶器上面的字是"知足""常乐"。彭景知道麻烦大了，这是难以解释清楚的。

是啊，拿错了，是啊是啊，她拿错了。拿错了，还在现场掏包秀出来给情人看……

应该是作案人搜找钱财倒出来的……

当然，当然……何大头突然一脚把办公室转椅蹬到柜门边，椅子猛烈撞到柜门，又反弹回来。——够了！混蛋！都他妈的圈里人，自己人，玩虚的，太他妈无聊恶心！实话告诉你，谁摊上这个事，未必做得比你好。够了！给我痛快点！——下班以后的经过！

我说的是实话。

何大头一把揪起彭景的胸襟：这样有意思吗，小子？！

我想知道我妻子的死活！

何大头一把将彭景搡在椅子上。

四

　　湿地公园月圆夜杀人案，震惊全城。

　　人心惶惶，警方压力极大，专案组调配了精兵强将。所以，本地新闻第一次报道时，警方就同步透露了嫌疑人已经被控制，及时松弛了社会神经。三周后，关于案件侦破的长篇披露，就算是给了公众一个明确的交代。可以说，警方是不乐意后续报道再度惊扰社会公众的。但是，如果不说清楚，也就是媒体不发声，各种关于该案的信息就会一直沸沸扬扬地流传。有些个不负责任的外地媒体，道听途说，用外围材料拼凑报道了一篇《都是月亮惹的祸》，以博人眼球的小报写法，尽情渲染警察杀人。真是警方哪里痛，它就在哪里下刀子。它突出强调的是，凶手是警察！也就是超级月亮下出轨女子的丈夫，是打黑警察。警察杀人，心狠手辣，读者也觉得理所当然了。

　　在这种被动局面下，警方加大了审讯力度，最后被迫召开新闻发布会，邀请本地几家严肃媒体采访。案组负责人，详细介绍了案件侦破经过，低调承认凶案嫌疑人是同行。一时，媒体沸腾。也许那天晚上的月亮，实在太大太亮了；也许，那对情人在死前太过浪漫，而死法又太过惨烈；而嫌凶警察冲动杀人后，内疚不安，全面认罪显得良心醒目。总之，各路记者的报道都显得很有激情。多家记者采写到，"嫌凶"出身科班，综合素质强，能力出众，在多起疑难案件中立下赫赫战功，曾获省优秀警察殊荣，不料一时冲动，自毁大好前程。总之，报纸、电视、电台的后续报道，多角度地切入湿地公园杀人案，令人唏嘘感叹。

　　冲击波一直在持续。

　　市青少年宫每一间办公室的报纸，都被大家抢阅。教职员工们被小鹿老师家案子的报道惊骇到了，尤其，两名接待过上门寻找妻子的杀人犯的老师，她们后来再度回忆都非常后怕，说，当时，她们就感到这个男人像个杀过人的人。有一个老师说，她闻到了他身上的血腥气；也有老师对杀人的冲动表示同情和理解，毕竟是妻子有错在先啊。

　　类似的激烈议论，在政府最重要的隆启开发区管委会一间办公室里也有。靠里屋的第一个办公桌，位子空了。它的主人，就是湿地公园里被杀的男主角李海山。这个在大办公室里排名第一的主人，一头白发，却是个青年才俊，做事灵活，尤其善于协调各种关系，偏偏为人谦逊。大学出来，很快就成为市里重要领导的秘书，领导意外猝死后，很快也有喜欢他的贵人接棒，把他送到了新开发区的重要岗位——管委会主任助理，仕途依然稳当，显然，这是要接主任的班的。但小李很低调，虽然手眼通天，贵人不少，做事却非常勤勉，而且，坚决让大家叫他小李。隆启开发区里许多有仕途追求的同僚，对于他的暴死，虽心有戚戚，却也个个满腹复杂猜测。

对于小李的暴死，感到天塌地陷的是龙庭村村委会主任李天禄一家。

正要午休的李天禄，接到儿子李海狮打来电话报的丧讯，一声惊吼，吓得客厅里卧着纳凉的两条德牧，站起来就避窜而去。但很快，它们听到了李天禄呛咳似的哭声。他不断地咳嗽，不断地呛咳，这个噩耗像一团乱麻，捅进了他的心窝。他不再有哭腔，可是，泪水直淌。他想问儿子一个究竟，可是，他发不出声音，一动声腔就呛咳。

儿子海狮嘘了一口浊气，骂了一句粗话。很明显，如果今天是他被人劈死，父亲一定不会这么伤心。李海山是大伯李天福的小儿子，比李海狮小两岁，从小就聪慧过人，腿勤嘴甜人乖巧，哄得李氏宗亲男女老少都喜欢他，而且书读得特别好。当年李天福被村民打死，李天禄就把李海山当亲儿子抚养。李海山也最听天禄叔叔的话，不仅如此，这个侄儿，竟然比他自己的三个儿子（小儿子被火车撞死）都像他。李天禄现有四个子女，李宝秧（已嫁人）、李海狮、李海龙、李宝船，两男两女，全部遗传了他老婆的溜肩、牛眼、菜罩鼻子。反观侄儿李海山，和李天禄一样魁梧壮实，连一头麻灰头发，发旋、发量、前后发际线，都和李天禄相近。李氏少白头在龙庭村远近有名，儿子女儿尽管也是少年白发生，却都不如侄儿李海山，袭承了李天禄的白发威武。李海山就是顶着一头麻灰白发，意气风发地考进了西安交通大学少年班。学成归来的李海山没有辜负天禄叔叔的期望，不过七八年工夫，不论白道红道，似乎都知道有这么个不可小觑的白发才俊，而他的根，就在龙庭村。李天禄引以为傲，对外人常称我儿子。比如，就在月亮最大最圆的那个晚上，本来李天禄打球后是赴鸡肠岛打牌的，那是一个土豪们的私密赌场。海山一个电话，说，刚调来不久的副市长老林，想招待一个大台商，你要不要来陪一下？当然要。什么叫陪一下，不是去买单那么简单，是一个合理勾连，赏赐你一个亲近权力圈的微妙机会。这是信任。多少人做梦都没有这个机会，海山却有，他会不动声色地安排一切，非常隐秘自然，宾主尽欢，个个自在，人人有收获。

　　果然，新领导老林对李天禄感了兴趣，愿意多聊聊农村经济发展情况及周边多个配套项目开发情况。海山看起来和老林有很自在的兄弟情谊，还有三个菜没上，海山就直率地说自己早已有约，得先走一步了。李天禄那天因为打球，没有带保镖司机。他把车子给了侄儿，海山还谦让了一下。李天禄说，等客人尽兴后，他会让司机开别的车来接他。

　　这就是李天禄和海山的最后一面。这个晚上，接触到亲切市领导的李天禄一夜难眠。李海山被人打烂后脑勺的时候，李天禄在床上辗转反侧浮想联翩，满脑子都是李氏家族金光耀眼的未来。这个开局，实在太诱人遐想了，过去，海山也曾制造机会，让李天禄和职能部门的权势者相识，但是，层次相对较低。海山也一再告诉自己叔叔、堂兄弟们，资本原始积累已经完成了，要告别打打杀杀的低级模式，可以尝试正经大业了。是李海山引导叔叔，一边捐助老人院，一边不惜花重金进了区政协；也是海山引导，让叔叔接触高尔夫球，开阔眼界，扩大平台，打炮与打高尔夫，毕竟是云泥之别的人生；海山还带叔叔、堂兄弟们去佛光寺拜见法师，给寺庙送好茶、油、米；也是他坚决请求叔叔，把手臂上年轻时的粗劣文身去掉，这点和从日本学艺归来的小女儿李宝船意见一致，但海山照样反对堂妹要给父亲在胸口新文"艺术龙"图案。宝船妹妹说这是她设计的家族标志、艺术家徽，是图腾。李海山根本不辩，一笑否决。李天禄就不文。宝船便给海狮、海龙手下的李氏青年大文特文，倒也很有团队精神。李天禄知道，随着李海山关系的拓展加深，他们家族会进入全新天地。他还多么年轻啊。

没想到，这小子居然在阴沟里翻了船！

那个中午，李天禄把桌面上能摔出响声的物件，统统摔在地上，李宝船刚从日本带回来的一套昂贵的江户杯子，被他用来砸烂了墙上的超大液晶电视屏。李天禄满腔悲愤，他愿意拿任何一个儿子跟李海山换命。这个念头，他一点也不觉得羞愧。他对李海山的老婆更加怨恨。这个西北女子，嘴尖又霸道，一张克夫的狐狸脸。李天禄对侄儿，唯有这一点不满意，现在，李天禄相信，不娶这个狐狸脸，海山肯定不会在外面搞这些名堂，那么，海山就不会死。李天禄对海山老婆及其十岁女儿，全部恨上了。

龙庭村很多村民却在窃喜难掩中。不是因为李海山的死，而是因为李天禄的悲伤。据说有十来个被村主任打过的村民，憋不住偷偷串门小联欢了。这个近千户人家的大村，上访告过李氏家族状的至少有两百户，不安分的坏人刁民很多，不过，他们都没有赢。而李家马上就知道谁谁到哪个部门告了他什么，谁谁向哪个部门反映了他的情况，然后，从村里连线所有人家的大喇叭，就会传出村主任的警告与怒骂——

喜欢告状是不是？去！尽管去告！中纪委、市纪委、茂田区纪委都来查过，国土局的人也来查过，能拿我怎么样？我不也没事？老子有的是钱，谁来查我我他妈轻松打发！钱怎么花，都比给你们这些鸡巴屌蛋强！多告几次，我还能多结识几个能人！——去告！赶紧去告！

有几个告状上瘾的刁民，被打断胳膊、腿之后，也慢慢老实安分下来。现在，有毅力告状的人越来越少了，妄议村主任家族的声音，也越来越隐蔽了。村委会的大喇叭里，强调安定团结，严禁拉帮结派，不许交头接耳、议论村是。甚至在结婚喜宴上，谁和谁在一起低声讲话多了，就可能被举报，自己也会紧张；几个喜欢闲嚼舌头的妇女，被大喇叭点名后，以"搬弄是非，寻衅滋事"被村委严重警告，扣罚了三八节的礼物——一套浴巾和沐浴露；龙庭村还禁止没事胡乱串门。据说这是村里选举期间实行的新文明习俗，后来，慢慢就强制沿用下来。躲不起、打不过、告不赢、说不得，所以，龙庭村的村民，有点憋得慌。一听李天禄悲伤了，就有刁民忍不住开怀了。

当然，对全市更多的市民来说，这个冲击波，不过是饭后茶余一过性的刺激物。几天之后，他们就慢慢淡漠这件白夜杀人案了。有人拿那张旧报纸包了单位新分的菠萝，有人拿它垫在屁股底下，坐在马路牙子上等人。在地下通道里，有个戴着黑色棒球帽的女孩看到一个流浪汉把那份报纸铺开，然后睡在上面。戴黑色棒球帽的女孩，一眼就认出了那张报纸。她读过那份报道《超级月亮下的超级嫉恨》，里面有超级月亮挂在佛光寺舍利塔边的配图，看起来，塔和月亮，仿佛是一座巨大的表盘，固定了那个凶杀时刻。棒球帽女孩身形俊逸，但脸色苍青，似乎不高兴。她大步流星地走过地下通道里的嘈杂人流，走过躺在那份报纸上的流浪汉。突然，她收了脚步，驻足谛听了一会儿，开始转身往回走，走回地下通道深处。她再度走过睡在旧闻报纸上的流浪汉，停在他斜对面的一对老艺人跟前。

男老艺人在弹吉他，音响震颤。他的个子很矮小，穿着敞怀的格子衬衫，里面是白色T恤，弹琴之势有超越年龄的青春洒脱，让他看起来很高大；女老艺人起码有一米七五，她坐在一张酒吧转椅上，一头浓密灰发，扎着一根麻花辫。她的膝上是一个六角形的皮质旧手风琴。几个月前，也就是今年春节，大年初一的上午，女孩在城南庙门大街下的人行隧道里第一次见到他们。大年初一的清晨，呵气成雾，地下通道行人寥寥。男老艺人似乎在修理他们的音箱，边修边用口哨在和女老艺人的琴声。扎麻花辫的老太婆在拉琴，她闭着眼睛，坐在柱状麦克风前人琴合一，海浪拍崖、恍若无人似的演奏着，莫名动人。是《贝加尔湖畔》。整个几乎无人的通道，构成了琴声极为美妙的回响。深情感伤的旋律，统摄了通道所有空间。这对七十多岁的老人，怎么演奏这样的曲子呢？女孩感动而茫然地看着通道的两头，似乎希望有人和她分享这动人的琴声，但仅有几个穿着春节新衣、脸上皆是熬夜后的困顿的匆忙过客。女孩在老艺人的小花钵里，放下了一百元钱。他们似乎没有注意到她，老人似乎都不睁开眼睛，不知道女老艺人是怎么知道男老艺人调好了音箱，并拿起了吉他。他们默契地又开始了合奏，依然是《贝加尔湖畔》。

一曲终了，女孩默然离去。几步之后，女孩转身回喊：

嘿——新年快乐！

小个子的男老艺人睁开了眼睛，用吉他模拟人音，回她新年如意。女老艺人没有睁开眼睛，她谛听着女孩远去的脚步声。

之后，女孩再没看到这对流浪老艺人。没想到，几个月后，在远离庙门大街人行隧道的中山公园西门，在市府大道的地下通道里，再次邂逅老人。刚才走得太急，行人视线遮挡，正好又是他们的演奏间隙，所以，她差点就错过了。女孩返回，是因为再度听到了让她感到熟悉的旋律。女孩重回老艺人跟前。男老艺人记忆力惊人，一眼就认出了几个月前向他们问新年好的陌生女孩，所以，曲终他立刻用琴声再度问候新年如意。虽然，新年已经用旧了一半。女孩不由笑了。女孩往他们的小花钵里放了五十元钱，发现里面都是硬币。女孩的语气有点抱不平，说，哈，么少？

男老艺人非常得意地说：嘘——藏起来了。

女孩说，你们也喜欢这首歌？言下之意是，你们都这么老了呀。

你经常听我们演奏吗？女老艺人下巴向着她问。

嗯，是呀。每次都是它。女孩在夸大其词，但是，老人并不揭穿她。女老艺人说，我们能演奏的歌曲太多了，不断地变换。也许，你来正好都赶上它了。

我喜欢赶上它。女孩的脸色比刚才好看多了，开始有了光。但她小声地嘀咕了一句：原来你们并不是特别喜欢它才演奏的。

不，不，老人异口同声地指着对方，他（她）喜欢。

女老艺人说，姑娘你过来。男老艺人对女孩指了一下自己闭目的眼睛。女孩确定了自己的猜疑，女老艺人是个瞎子。女孩走到她的跟前，老太太拿掉她的棒球帽，摸索着女孩的头、脸、胸和腰臀，最后是手。

往北走吧，姑娘，女老艺人说，不要再回头。南方配不上你的美。

女孩离去的时候，听到身后再度响起了《贝加尔湖畔》。

五

何大头厌恶彭景。在他看来，彭景的耍赖很低级，很丢警察的脸。何大头私下认为，这事带来的羞辱感，每个男人都能理解。但是，这种事，要么不做，要么你做得无懈可击。都已经被逮住了，身为警察，再这么死不认账，很无聊，也很窝囊。何大头越来越恼火，但审讯的前十天，何大头都克制了自己的脾气，一直没有对彭景动粗，只是不让他睡觉，轮着审。直到押送彭景到中级人民法院，完成了CPS心理测试，也就是测谎测试。彭景没有通过。测试结论为：知情或参与了作案。也就是说，彭景撒谎。虽说测谎结论不能作为刑案证据使用，但是，何大头对彭景鄙视到了极点。专案组的耐心也全部用完。事实上，彭景的骨头，也不是专案组想象的那么硬，动粗一周后，彭景全部招供认罪。就是在彭景磕磕绊绊、全面认罪的次日下午，警方召开了媒体通气会。一切都理顺了。

作为警察，彭景知道刑讯逼供的厉害，更清楚自己在饮鸩止渴，因为他并没有把握自己在庭审的时候,有翻案成功的机会。

一开始,他以为自己肯定扛得住。但是,他对自己太自信了,想得也太简单乐观了。他再次向何大头索要留置他的法律手续。何大头无比蔑视:你他妈不是看过传唤证了?彭景说:传唤证最多只能留置我十二小时,你们却关我十二个昼夜,又拿不出其他法律手续,凭什么还要扣押我?

何大头笑:自己人,要什么法律手续?!

彭景知道自己完了。从中院结束CPS测试回到专案组,何大头让手下直接把彭景反铐起来吊挂在防盗门上。如果他好好招供,双脚下面就有凳子可踩;如果不招,凳子就会突然踢掉,他整个人的重量,骤然全部挂在被铐住的双手上,彭景就会号叫如野兽,但马上有人会用毛巾堵住他的嘴。就这么反复抽取凳子,三个小时后,被放下地的彭景,像刚从水里捞出来,瘫在地上,但随即被勒令跪在一根拖把杆上。只是半小时不到,膝盖的皮全部破绽了。之前,彭景也让混账嫌犯这么跪过招供过,轮到他自己跪上去的时候,才知道什么叫煎熬,尤其是汗水流下,腌痛得一秒钟也跪不住。但是,相比吊挂在铁门上的痛苦,这个似乎可忍多了。

十来天的审讯,捕捉着东鳞西爪的信息碎片,彭景已经拼出了小鹿被杀案件的大致。他理解同事对他作案的推断方向,他自己都接不住这个球。只有他明白,他从未想过小鹿会给他戴绿帽子。婚姻跨过七年之痒,夫妻关系早已过了风吹草动的敏感期,甜的,不那么甜了；酸的，也不那么酸了。家庭已经进入平稳的、惯性运行的轨道，甚至可以像无人机一样行进。猛然地，妻子出轨了，她翻车的动静如此之大，听上去，他们就是在野合中被杀。即使真凶被捕，妻子以这种方式昭告众人，践踏婚姻，作为丈夫都是难以接受的，是的，这种羞辱感令人窒息，而他还摊到了最残酷的结局：他成了行凶者。CPS尚未进行的时候，彭景就在心里对自己说，我通过不了。

五月六日，你是否跟踪了你妻子？
——没有。可他心里想的是，我当然要看看。
你是否杀了你妻子和那个男人？
——没有。可他心里想的是，我必须杀了他们。
是不是你用角钢，劈死了他们？
——不是。他心里闪过的念头是，角钢真他妈带劲啊。
你恨你妻子？
——不。可他心里想的是，她竟然如此欺骗我。
……

彭景像死狗一样，瘫跪在拖把杆上，这是最轻的刑罚。这个时间很短，他已经知道这个节奏，这是何大头要他想清楚的休闲时间。

彭景说，给我一杯水吧。

老丁示意手下倒来一杯水,但何大头接了过去。何大头踢了踢彭景,示意他看水:说吧,说了喝水。

彭景绝望地垂下脑袋,不再看水。何大头一脚踢在彭景脸上:跪直了!

彭景直起身子,拖把杆已经被膝盖处的血水洇染。

既然你们说,我妻子的现金、首饰,那男的的劳力士表都不见了,也许只是偶然性犯罪,是谋财害命呢?彭景声音虚弱。

这不就是你想引诱的侦破歪路吗?何大头把水杯里的水泼向彭景。彭景反应过来,连忙伸舌舔嘴边水珠,又被何大头一脚踹倒。

你以为我和你一样蠢吗?!劫财?劫财有必要下手这么狠?!嗯?你是用劫财小伎俩迷惑办案人员,我告诉你,这恰恰证明,你急着掩饰你的泄恨动机!

重新被架在拖把杆上跪着的彭景,看到老丁手上又有一杯水。他觉得,极度的渴快要摧毁他了,这一杯水恐怕要收了他。他咬紧牙关。

我问你,老丁说,妻子跟人私通,你恨不恨?

彭景闭眼,算是点头。

用这种方式,被你看见,你恨不恨?!

彭景闭眼点头。

这就对了。你恨,你刻骨仇恨。只有满腔仇恨的人,才会这样出手,把情敌脑袋打烂,把妻子打掉半张脸。

彭景猛地睁开眼睛。小鹿被打掉半张脸?！这个信息，刺激到了彭景。原来说的角钢劈死他们的说法，比较抽象。这么具体地说，被劈掉半张脸，彭景很惊异。这个爱美的女人，没了半张脸怎么走啊。忽然地，彭景心里泛起了轻微复杂的怜悯与痛惜。

浪费我们的时间，对一般人来说，是求生策略，而你这么干，面对兄弟们，就是不地道了！测谎你通不过，不在场证明你搞不出。要赖你又编不圆。所以，还是痛快了断吧。老丁似乎再要给彭景水杯，但又担心何大头的阻挡而叹息不前，他说，兄弟，何大说得对，你的自尊心、你的感情、你的举动，其实所有男人，也都能理解。

彭景叹气：我是恨，我的确愤怒。我也许真会杀了他们！但是，我确实不知情，我根本来不及生气杀人，他们已经没了……

何大头一拍桌子：你他妈是不是警察？老婆这样了，你会一无所知？

我很忙，也信任她。

屁话！一个有私情的女人，居然能瞒过警察丈夫。你还他妈的是个不赖的刑警——你到底还想玩我们多久?！

彭景没有声音。

两个月前，你为什么和妻子吵架？

不记得了，我们不太吵架啊。也没时间吵架。

你摔了茶杯的那次！你岳父手还被割伤了。

哦，那次，只是有点分歧。关于孩子，她想流产，我想要。

你们也不是第一次不要小孩了。

彭景点头。

那为什么这次火气那么大?！

老了，我现在想要孩子了。

恐怕真相是——你知道你的婚姻危险了。你想用孩子控制她，而她不干。

扯什么?！我要知道她出轨了，只会坚决不要孩子——我怎么知道，是不是替别人养孩子?

——挂上去！我看你在上面，脑子比较清醒。

——洪彦，电警棍在哪？再给他加点提神醒脑物！

六

有一个地方，没有受到这个超级月夜恐怖案件的惊吓。那里，看起来依然是世外桃源。尽管它的一个西南之角，曾经就是龙庭村的一个部分，纤细的牵连，使它就像是龙庭村吹出去的一个美丽大气球。气球里，四千亩的绿草茵茵，阳光明媚，氧气清新，绒毯般的绿地上有凝风的古木、白金色的沙坑，潋滟清澈的湖光，还有灌木缠绕奇石，果岭青葱。这个国际标准的27洞高尔夫球场，就像这个城市的美丽胸针，域外所有的一切噩耗，都染指不上它，它们抵不上美丽草地上的一个白色球影，果岭上的一阵风过，甚至不如球道上水池里的一圈涟漪。

尽管，死者的叔叔李天禄，那天下午就在这里打过球。是球童汪李姵接待他们的。但这样的交错信息，并非凶讯本身，所以，满是绿地、阳光、氧气的球场，丝毫没有受到不吉的干扰。

在高尔夫球场，客人们对球童，只重技术不重脸，但阳光国际高尔夫球场，还是被国内外客人们公认为球童最美的球场。球童们统一着装，女孩穿藕色上衣、卡其色长裤、白球鞋。上衣规定下摆扎在裤腰里，白色的皮带，让球童们显得干净又利索。阳光男球童约占三分之一，大多又帅又礼貌；女球童占了大部分，个个眉清目秀，举止温柔。阳光球童入职的第一要求就是，微笑。永远的微笑。再大的委屈，也要保持微笑。所以，冲着这一点，球童汪李姗，就是个例外。汪李姗是总教练举荐过来的。她基本不笑。但她的嘴角天生上卷，面颊美丽，这会让人误会她在微笑。而她真正笑起来的时候，就像高速摄影下的昙花开放，那个粲然绽放的冲击力，令人脑子停摆。所以，当客人打出好球的时候，她未必按规定喊"Nice shot"，她只是一挥手臂，粲然一笑，客人就莫名感动，备受鼓舞。但汪李姗并非靠天生容颜征服球场。她能保持A级顶尖球童的身份，不断地被熟客点场预约，和她卓越的球场技能有关。无论是码数计算、对球道的熟稔、风向草势判断、摆抓果岭线，她都准确果断，而她天赋的深度知觉感，使她能够在极远处，照样盯准落球，找球迅速。正如教练说的，一个好球童和差球童，可以有五杆的差距。

　　传说有一次，几个邻省的大佬在本地交易会的休闲期过来赌球。一个老板，因为输球，不断责骂跟随球童，从三洞一直骂到六洞，最后不让她上果岭，要她立刻滚回去换人。女球童哭着回去了，汪李姗替代出场。没想到，汪李姗迅速扭转颓势，最终还让客人抓了老鹰（比标准杆少了两杆）。这个脾气恶劣的老板反败为胜，赢了几万元,最后给了汪李姵两千元小费。这是十倍于平时小费的价格。

即使在A级球童里,汪李姵也是最有钱的那一个。出场费高,点场费多,小费高。和她同宿舍的球童,再好的性子,最后都难免嫉妒,因为,对比太刺激人了。毕业于北方科班的汪李姵,又总是独来独往。球童们聚在一起,评议汪李姵,也是一个排毒的休闲方式。但汪李姵似乎领会不到球童们微妙的排斥,她看起来始终心不在焉,或者根本跟不上趟。她定睛看人的时候,眼神总在迟钝傲慢与淡漠天真的混杂中,令人困惑。她似乎也知道自己频道不对,但是,她切换不进来。

球童们议论她最神奇的是一个未经考证的例子。说有个台湾老板,经常独自或与朋友们过来打球。有一次,他把球打到六号洞边丘陵地的一个空墓穴里。汪李姵去捡球。因为比较久,台湾老板就跟了过去,看到汪李姵在对空墓穴跪拜低语。听到台湾人走近,她才跳起来。这当然是违规了,球童就是必须在第一时间为客人捡回球,哪有时间让你这么玩。迷信的台湾人也匆匆拜了拜。两人一起往回走。汪李姵无语,台湾人安慰球童说,我们在别的地方打球,这样打扰到墓地主人,也会请求原谅的。汪李姵说,那是我奶奶。台湾人吓得差点跌倒,也不敢再多问。他相信球童的话。开发球场后,周边被征地的失地农民,会获得球场优先用工权。球童来自征地村,也很正常,奶奶墓穴在球场,也很正常。台湾人想也许是建设时挖坏了。打完十八洞,台湾人给了汪李姵一个大红包。球童们说，汪李姗不知道用这个方法，骗了多少客人的赎罪红包。议论得多了，领导专门问过汪李姗，说，你爸爸不是外省人吗？汪李姗含混点头，说，都一样。领导疲惫于与这个眼神游移的人较真。大家也都知道，汪李姗的格格不入，汪李姗的扑克脸，一直得到总教练和球场总监的庇护。当年，总教练在东北职业学院任教时，来自南方海边的汪李姗，是班上最小的孩子。老师第一眼见到她的时候，就是在冰天雪地的拂晓，校园练习场，一个小小的孤独的身影，在苦练发球。当阳光国际高尔夫球场练习场把老师聘过来做总教头时，临行，老师曾问她要不要毕业后回南方老家，学生摇头。说她喜欢会下雪的地方。但是两年前，她突然要求回来。在老师的帮助下，到阳光直接做了球童。球场也认为这个女孩是天生的球手。正如教练评价：在发球台上，她能爆发野兽般的力量，在果岭周围又充满想象力。她可以很快转做教练，也完全具备走从球童到职业球手的星光大道的过人禀赋，但是，参加过两次业余高球赛，她都表现平平，而且对成绩也心不在焉。

汪李姗的无知任性，就这样一直得到主管们的默契庇护。人的心理很奇怪，那些终日温存如天使的微笑球童，并没有获得相应的回应，而汪李姗，一个扑克脸，因为难得一笑，反而使大家充满受虐后的欢愉。这当然是不公平的。

比如说，去年春天的事。本来，来打球的客人就是上帝，得罪客人就是得罪自己的饭碗。客人语言轻薄，伸咸猪手、吃豆腐，一般球童都选择忍耐。但是，汪李姵复仇心切，至少反击过三个客人，这还是在有目击者的情况下。如果一对一的战争，汪李姵自己是从来不说的。有个韩国人，愚蠢地把事情闹大了。一场球下来，客人都要填一张随行球童的服务评价表，分为非常满意、一般、差。按规定，球童一个月内有一个"差评"，直接降级，且半年内，不得参加A级球童考试；一个月累计三个"一般"，也降级。被差评者，除工资奖金大受损失之外，还要向球童长递交书面检讨。

那天是周一，春雨连绵，没有客人。但是，那位韩国人独自来了。안녕하세요（你好），值班球童们问候他，但他点名要汪李姵做球童。雨中行，韩国人几乎每一个洞都在伺机吃汪李姵的豆腐。他能说一些简单的中国话，但还是借助手机翻译软件，给汪李姵看他的话：我身上带了几百万元，你要不要跟我出去？汪李姵掏出手机，把他连手机内容都拍下。韩国人笑眯眯的。在十八洞果岭最后终结时，他假装庆祝似的抱着球童狂吻。汪李姵一把推开他，韩国人老练地晃动服务评价卡，威胁可能给差评。汪李姵一笑。她是突然朝着韩国人屁股挥杆的，打得韩国人踉踉跄跄了好几步，摔在地上。球童头都不回，开着电瓶球车就走了。

等韩国人浑身湿透地冲进球会服务站，咆哮着状告恶劣球童时，汪李姵已经洗过澡，耳朵里塞着耳机在听音乐。球童暴打客人？服务台人员都惊慌了。主管领导纷至，最后，汪李姵掏出了韩国人的手机照。韩国人被拍的手机屏幕上，还有细小雨水珠。汪李姵说，她只是轻轻教训了一下。韩国客人愤怒地出示了他的屁股，那里肿得像嫁接了一个球形茄子。球童长、主管都差点笑出来。最后，是一个男球童护送韩国客人回酒店的，因为他开不了车。很多女球童感到很解气，都在快乐猜测，那个韩国人屁股最终烂掉没有。可惜，韩国客人再也不来了。

球童们、球童长、主管们全部站在汪李嫝这一边。所以，说起来，这个风景如画、美如胸针的地方，一般俗事，是侵扰不到的。

七

彭景挣扎抵抗到第七天，终于垮了。到后期，刑讯者一走近，还没有抽掉他脚下的凳子，他的身体就预先战栗痛不可当了。他的两只手，已经肿得像黑紫色的拳击大手套，被电击的指尖上，电极一碰，每一根连接心脏的神经，都像导火线过火似的，爆闪着抽搐着烧往心肺。他不仅觉得自己的双手要废了，他觉得心肺都焦裂烤爆了。

招供是个技术活。能说得合理正确，就要有一颗进取的心。比如，凶器。专案组判断出是角钢，那么在使用的时候，就要给个好说法。一开始，彭景说，我一下子劈下去。他以为是竖劈，大家说不对，要有一个角度。最后，他知道自己受制于现场，是站在一个特殊的角度，斜劈过去的。还有，跟踪线路什么的。最难完成的是凶器与赃物去处。彭景开始说，角钢扔在湿地公园垃圾桶。专案组人员翻遍了湿地公园后区的垃圾桶，一无所获，气急败坏，回来暴打彭景一顿。彭景改口说扔在现场红树林淤泥地。专案组又组织人力在他说的地方翻了个底朝天，证明他又是胡说八道。这样，彭景又要付出被揍得很惨的代价。彭景强迫自己进入角色思考，凶器和赃物扔在哪里是最符合他意志的。终于，他想到了一个地方。去年春天，小鹿和他带她父母去踏青，在二十公里外的竹井镇的竹林农场里有口青龙潭，很合适。因为当地人说，那里是深不见底的。彭景挺懊恼自己这么久才想到这么个好地方，这样，他们无法打捞到凶器与赃物，又无法指责他胡扯，那么，挨打至少可以避免了。

那天准备出发的时候，来了一阵大雨，彭景以为去不了了。没想到，雨一停，洪彦过来带他，说，走，去竹井取凶器赃物。老丁亲自开车，何大头坐副驾座。洪彦把自己和彭景铐在一起，坐后座。一行人有点沉默，有点近午的疲惫，也可能跟何大头一看到彭景进来就狠狠骂了一句有关，调子就定下来了。何大头说，小子，这次你再胡编乱扯，我亲自剥你的皮！

一车人寂寞沉闷地跑了好一阵，穿越市区。临出北门旧城墙，忽然洪彦说：老大，谁坐过这位子啊，一排瑞士巧克力啊！洪彦在何大头座椅后背袋中抽出巧克力。何大头说，想吃你就吃，管它谁坐过。洪彦掰了一块，连声说，好吃。有榛果！说着，给老丁、何大头各掰了一块。何大头拒绝，说讨厌甜食。洪彦把它给了彭景。彭景也摇头，努嘴指矿泉水瓶。洪彦给他拧开盖子。彭景不知道何大头是否反对，那只没有铐上的黑肿手，悄悄地拿起水瓶静静地喝了。

车祸是三十多分钟后发生的，车子右前胎突然爆胎，老丁本能地纠偏，猛向左打方向盘，何大头怒喝保持方向！已经来不及了，车辆猛力冲上对向车道，对向车道一辆惊恐躲闪的货车，剐着他们的侧面，咔咔咔摩擦而过，在更多车刺耳的急刹声中，他们的车子猛力撞向路边箱形石头护栏，轰隆翻了个身，侧立后又晃倒了。车头基本烂平了。右边车门散在地上，一扇车门像纸张一样皱起，满地杂碎，没系安全带的彭景和洪彦被甩到车外，老丁被压在变形的方向盘和座椅之间，头脸都是血，何大头的脸上也全是血。彭景第一反应是自己左腿剧痛，但似乎能动。洪彦正困惑地看着自己未戴手铐的手臂，彭景才发现，洪彦灰色的衬衫袖子上都是血，再定睛一看，没有小臂了。彭景去摸洪彦的手铐钥匙，虽然手肿不利索，他还是把手铐打开了。他用牙咬，把洪彦已经剐出一个口子的衬衫，撕了一条下来，扎住他的断臂端，把他扶到路边。彭景再到副驾座，踢开皱了一半的门，何大头似乎痛得有点神情迷离，一脸死白。彭景问他手腿有没有知觉，他含糊点头。彭景把何大头抱拖出来，也拖放到路边，拖得一路鲜血淋漓。彭景再去洪彦的衬衫上撕了一个布条，把何大头汩汩冒血的大腿扎住，然后，把它架高。彭景用何大头的手机打了110、120报警急救电话。随后，他把何大头和洪彦的电话丢在他们够不着的沟边。

洪彦突然尖厉地号叫起来：我的手在哪儿啊？彭哥——

彭景不睬他。彭景到老丁那儿，老丁已经昏迷，他也确认了老丁和他猜测的一样，卡在变形的驾驶座里。彭景到后备箱找出警告三角牌，一瘸一拐地走了二十来米，放置在地上。这是为了防止老丁被二次撞击。何大头在痛楚中看着彭景走远，他当时的脑子里想，这小子不会回来了。但是，彭景放置好三角牌，还是回头了，手上居然拿着洪彦的断小臂。他把断臂放在洪彦和何大头之间，又从何大头口袋里摸出钱夹子，拿走了几百元。何大头闭着眼睛，就当自己昏迷，彭景抽了他一巴掌：挺住！睡过去你就完了！何大头睁开眼睛。洪彦泪流满面，目光充满恐惧。彭景说：也许能接上——记着！止血带！半小时松绑一次！还有，别让他睡过去！

这一次，何大头眯缝着眼睛，看着彭景一瘸一拐走远。他当然不会再回头了，何大头想了想，还是匍匐着爬过去，拿起电话，想要下面的站点堵截彭景。但是，洪彦用残余的、同样血淋淋的手，夺过何大头的电话，扔到他们更够不着的地方。

何大头瞪眼看洪彦。

洪彦不断摇头：……不，不是他。

八

戴着棒球帽的女孩,今天晚了。平时她穿过地下人行通道,到农贸市场,一般下班族的购菜人流还没有出现,整个市场人气尚弱,水泥台子后面的各色菜贩子、肉贩子、鱼贩子都还在缺少睡眠的恹恹无力中,寡言少语。那些现杀家禽摊子的燂毛脏锅子,也还没有什么大热气。

但是,今天晚了,戴棒球帽的女孩,一踏进农贸市场大门,就感到里面吆喝声嘈杂、人头攒动。熟食摊红灯竞亮。女孩照例在日杂铺买了一包鸡肉火腿肠、一瓶矿泉水。然后她穿过市场西出口,往回燕小区而去。她两三天来一次,已经造访这个小区多次了。小区是老式小区,比较开放,保安就像稻草人,总是表情淡漠地任人进出。几栋砖混结构的多层建筑,就在水泥小路的两边,面对面排开,中间隔着两排槟榔树,小区后门一直通往一个部队医院后院。女孩是看着那份报纸,溜达到回燕小区来的。那份报纸,也就是那份被地下通道流浪汉当褥子铺地上的报纸,写到月夜凶杀案主的居住地,写到了夫妻因琐事的争吵,一个和美家庭的毁灭,还写到了祸根之一的土狗豆包——报纸上,记者没有写土狗的名字,也许记者不屑于写,或者压根不知道。

棒球帽女孩第一次见到孤独地趴在院子里的豆沙色土狗时,就觉得喜欢。豆包的毛色和眼睛,太像她小时候的狗狗万岁。豆包一见她,就扶栏猛摇尾巴。当时,天色向晚,但一楼的屋内依然似乎没有人,而院子里的芫荽、小葱、茉莉花等花盆或泡沫箱子,明显是无人浇水多时而奄奄一息。狗盆里有干饭,白色的一大坨,就是白米饭,什么菜汁、汤汁都没有。狗似乎不爱吃,风把米饭吹得干硬,水碗里也是干的,都是草屑。但今天,食盆里连干饭都没有了,水碗全部都是空的。而且,院子里还有好几坨狗屎。看来,已经没有人想起来照顾这只土狗了。

女孩轻轻吹了一声口哨,小狗一跃而起。女孩悄悄拨开用筷子替代的院子门闩,把小狗牵了出来,直接往电台山而去。

她自己给豆包起了名字,小河。表示跟她姓,因为她的乳名叫河豚,这是哥哥们起的,哥哥们觉得她肚子大大的,眼睛圆圆的,就像一只生气的河豚。他们在乡下就这么叫了,一叫她就响亮应答。因为她喜欢河豚。但是,回到城里,父母一听就尴尬了,反对说,那是毒死人的鱼。女孩说,是气球鱼!

城里,没人叫她河豚。

一人一狗步行到山冈顶。山冈黑沉，路灯被无人修剪的浓荫遮蔽。因为有小河，女孩也不害怕。吃了两根火腿肠后，小河一直想挣脱绳子，表示自己认路，有时走到"乡"字路的第三个弯，她真的就把它放掉，小河就像小马匹一样，站起来然后一甩尾巴，欢腾而去。很快，它又会俯冲下坡来接应女孩，然后，再度狂驰远去，眨眼又呼啸而归。

今天山顶的旧办公楼，只剩下一楼门卫处有暗沉的灯光。一人一狗走到停车场的高大橡皮树下，女孩又开始给小河喂火腿肠。也许还是饥肠辘辘，小河等不及女孩撕火腿肠皮，不断地拱起前爪拜拜，催促女孩。连续吃了三根后，女孩收起了火腿肠。她把矿泉水倒在卷起的橡皮树树叶上，让它喝水。

她们再往办公楼后山杂树林而去。随后，小河又带领女孩走向大楼侧面的仿木亭子和假山鱼池。女孩也不知道为什么每次它都要这么走，她当然想不到这是前主人的习惯。小河把她安置在这里，然后将获得自由疯跑的时间。未到亭子前，小河停步，它仿佛听到了什么，鼻翼翕动，像雷达一样探寻着，忽然它一跃而起冲向亭子水池。反应不及的女孩，还在纳闷迟疑中，被它挣脱了牵引绳。马上她就听到什么东西摔进水池的动静，一开始她以为是小河扑进了水池，她听到了小河呜咽般的咻咻呜呜的声音。女孩冲过去的时候，看到一个人影正努力从水池中站起，估计太滑，他再次摔倒在水中。小河急得冲下去，拼命拉拖他。女孩把落水人一把拉起，落水人顺势瘫坐在三角梅和杜鹃花丛掩映的大石块上。他刚才就是仰躺在石块上，被突如其来扑过来的小河，吓得跌进水里。夜色昏暗，女孩看不清落水人的脸。他浑身湿透，低垂着脑袋。小河猛烈摇尾巴，再次扑向那人，冲劲之猛，那人难以招架。他似乎非常疲惫虚弱，闪避小河的时候，差点再次被亢奋的小河扑进水里。他倒在了石块上。

这狗认识你。女孩说。

落水人没有回答。他剧烈地咳嗽着。

是不是呛到了？

落水人摇头。

女孩想了想把矿泉水给他，说，狗喝剩的。

落水人接过矿泉水一口气把水喝光了。但他再次猛烈咳嗽。

你要紧吗？女孩说，我山下有车，我开上来？

落水人摇头，站起来准备走，他示意女孩走开，也像是再见道别的手势。女孩呆望着，紧紧抓着小河的牵引绳。落水人一瘸一拐地走向树林茂盛的后山。而小河看到落水人一步步走远，猎猎地呻吟着，跳冲奔突，最后还是大力挣脱绳子，冲向黑暗中的那人，几乎是同时，棒球帽女孩看到前面的落水人，再次倒了下去。

三天后，落水人才在女孩的住处醒来。他睡了整整三天两夜。土狗小河始终守候着他，不时舔他的脸、手。他终于彻底醒来时，是白天与晚上的交界时光。屋外大雨如注，屋子里没有人，光线昏暗。他头重脚轻地起床，到窗边一看，四周仿佛都是芭蕉树，破败的大叶子在大雨里凄苦摇撞。放眼看，四周雨雾茫茫。他不知道这是哪里，不知道这是石廊村的芭蕉屋，它的西面，天晴的时候，可以看到龙庭村李氏宗祠的燕尾式屋脊高高的飞檐。

九

龙庭村是个大村，分龙头前社和龙尾后社两个部分。一走进龙庭村，不论龙头龙尾、前社后社，外人都能看到满村半人高醒目的橙色垃圾桶，尤其是惠民新农村房，家家户户门前的鲜艳大垃圾桶，整齐得跟仪仗队似的，有点滑稽。和橙色垃圾桶相映成趣的是，龙庭村许多年轻人的银白色头发。在村里，只要你看到白头发的男子，哪怕是银发西瓜皮头的青春少年，最好也礼让三分。他们不是护村队员，就是李氏金龙公司的向上员工，俗称李家干部或积极分子。李天禄家族的少白头，已经被年轻人视为财富、成功和威慑力的标志。

李海山的死亡，让龙庭村披上重孝。全村村民，都上李家灵堂吊丧，没有人敢不去，没有人不露出难过与悲伤的样子，也没有人敢笑话李海山的狐狸脸遗孀的不悲伤。当然，也有一些村民心里还真的对李海山有好评，他们认为，在横行龙庭村的李氏家族中，只有李海山最和气，待村民最有礼貌。所以，还是有人真心为他的夭寿难过。但是，做头七的那个晚上，村里活动中心地，青石条围圈的百年古榕树下，居然鞭炮骤响，有人偷偷燃放了两串一千响的喜庆鞭炮。银发队员立刻冲往现场，但是，那里没有人，只有满地喜庆的红色鞭炮屑。这当然是恶意挑衅，李天禄当时就拍案称查到要"搞死他"。李天禄在村里的大喇叭里威震山海地怒骂：你敢伤天害理！我敢扒你祖坟！谁干的，三天之内来自首！否则，我打烂你全家做鱼食虾料！

整个龙庭村，在夜色中寒战无语。

大喇叭里，李天禄暴怒阴沉的声音，在龙庭村上空如空袭警报般萦绕。村户的每一盏灯下，村民们相望的眼睛里，交换着不安，也交换着难掩的兴奋。李天禄不是威胁，他做得到。全村人都知道，龙尾的李美国李英国的母亲、李国威李国豪兄弟奶奶的坟墓，就是被人挖空了，骨骸至今下落不明。而之前，李天禄早就对外宣称，要挖掉李美国家的祖坟。李天禄的哥哥，也就是李海山的父亲李天福，曾是村治保主任，因为争抢工地地材，被石廊村村民陈五良打死。陈五良被判处死刑后，他们一家大小，依然被李天禄家族打骂欺侮得无法安生，两儿两女逃亡在外，连春节都不敢回来。大年初一的晚上，陈五良家的芭蕉楼突然大火，一对老人及孙子孙女三个，都被烧死。石廊村村民议论说，是李天禄家报复。曾经是石廊村最富裕、最强悍的人家，就这样烟消云散了，龙庭村李天禄家族是说话算话的。曾因打架被判刑四年的李天禄，刑满释放后的第二年，通过选举，接过了姑丈村主任的权力棒。李氏宗亲本来是选定李天福接棒的，但没有想到李天福横死，更没有想到，李天禄当上了龙庭村村主任，整个李氏家族很快步入兴旺发达之境，这十来年，李氏家族势力在恩留湾，遮天蔽日。护村队员及金龙公司的保安，加上村武术协会爱好者（此为区里表彰的农村精神文明新样本），至少有七八十口活力分子。护村队员平时拿着白蜡杆巡逻走动。李天禄别墅前的保安屋顶，直接有报警灯，平时还有保安日夜值守。在龙庭村，即使算上村周边地区，已经连任三届村主任的李天禄，已然是那里的土皇帝，人称"禄爷"。

所以，龙庭村村民噤若寒蝉。愤怒的鞭炮，自然不敌对鞭炮的愤怒。覆盖全村的高音大喇叭里的声音，不是恐吓着玩的。对这个悬念，村民无不心存畏惧；尽管他们感到暗爽，终于有人替大家出了口恶气。三天后，并没有放鞭炮的人去自首。但是，头七之后的每个七，不再有人偷放鞭炮。李天禄的儿子们很快查明，整个龙庭村一千多户人家，全部送来了奠仪，包括李美国、李英国家。但是出殡的时候，李英国家没有一个人来。两个多月前，李英国的小儿子、李国威的弟弟李国豪，就把自己烧死在李天禄的别墅前。所以，李天禄的身边人说，他们家也是丧事在身，不便出席红白事。如此，李天禄还是问他的儿子女儿：会不会就是李国威那个混蛋放的鞭炮？！

儿子李海狮、李海龙说：我看是他！肯定是他！

女儿李宝船一脚踢开脚跟前的一只德牧：

是他是他——真是他，他一家还敢不来吊丧，主动惹你怀疑？！

海狮、海龙互相看了一眼，又一起看父亲李天禄。兄弟俩交换的眼神，就是对妹妹花痴的批判。李国豪宁愿烧死自己，也不愿与她为伍，她竟然还是对龙尾李家痴心不改。而兄弟俩又看父亲，他们知道，在父亲说一不二横行霸道的世界，只有一个地方是他的红绿灯，那就是未出嫁的小女儿李宝船。李宝船是李天禄的掌中宝，不爱读书，说要去日本学习文身艺术。禄爷就让她去了。花掉了大把银子，学成归来，禄爷又遵从女儿的意思，在市区黄金商业地段，为女儿开了个艺术文身屋。相对儿子们，宝船的外表最像父亲，而看不见的部分，更是来自父亲的遗传。她的意志坚定、脾气暴烈、冲动灵活，还有点奇怪的艺术口味，完全复制了父亲的风范。比如，李天禄喜欢穿风衣，戴鸭舌帽，大家都觉得难看，但李宝船说酷，还给老爹买了一件里红外黑的斗篷。李天禄也真敢穿出去，黑老大一样拿捏着自己的步态，威仪十足。李天禄觉得女儿虽然说得恶狠狠，但也有点道理。说起龙尾李家，李天禄就如鲠在喉。龙尾后社李美国、李英国及他们的父母，体现着农村最整洁、最勤劳能干、吃苦图强的一类人。这一户人家，不仅是龙庭村改革开放最早致富的，还偏偏男女老少个个容貌俊美，性情温和，乐观友善。在李天福烧砖窑、李天禄忙着村前村后打架滋事的时候，李美国、李英国家已经开始养虾。十几年来，把小日子过得静好、富足、和美，令全村好人羡慕坏人恨。直到八年前，李天禄一上任村主任，就强行把龙尾李家两口四十亩的虾池充公招标，然后自己家以一亩一百元的价格，向村委会承包走，又以二千三百元一亩的价格，再转包他人。没想到，李美国、李英国有个妹夫，在市里一职能部门任要职，助力了龙尾李家的上访，最终法院裁定，强制村委会吐出了这两口四十亩的虾池，归还李美国、李英国。已经转包获得暴利的李天禄，恼羞成怒，刻骨仇恨。尽管被迫吐出了虾池，但他从此不让龙尾李家安生。不过，碍于对手上面有人，李天禄也不敢太放肆，但是，四十亩虾池，经常被人小范围投毒，轻微到警察也分不清是严重虾病还是投毒，也不好立案。这样的小损失，累计下来，四十亩虾池收益就大打折扣。五年前，李美国的儿子李国强，因为酒驾轧死了李天禄堂叔家的一个寡妇，一时沸反盈天。李氏家族气势汹汹，一下子来了五六十个人，直接把李国强捆住按在坑里，载满工地沙土的土方车，倒过来就要卸土活埋李国强，一命抵一命。好在警察及时震慑住了现场，终于走了法律程序。李美国家赔偿死者二十几万后，儿子李国强被判刑入狱。一年后，李国强在狱中被犯人所杀，不久，其母自杀，随后其父李美国中风瘫痪在床，靠着弟弟李英国一家照顾。

　　曾经作为龙庭村美好幸福之家的龙尾李家，风光不再。好在李英国的两个渐渐长大的儿子，新技术新知多，聪明又肯吃苦，慢慢地虾池又开始兴旺。而那时候，随着政府对恩留湾的大开发，李天禄重心转移，开始在抢夺工地平整、地材供应项目上大打出手，追抢暴利。李天禄买了几辆土方车和挖掘机，成立了金龙公司。那也是龙头李氏家族最威风壮大的时期，李海狮、李海龙手下有四大天王做小弟，四大天王下面又各自带着八大金刚为小弟，据说八大金刚下面，还有更低一级的罗汉小弟。而权力的塔尖，就是李天禄。那时，只要是禄爷看上的工地项目，只要是恩留湾区的项目，没有人敢跟禄爷抢。据说，最大的场面，有过两三百人的工地大战。禄爷总是赢家。如果没有抢到，禄爷的人马就会去阻挠工地施工。久而久之，工地承建商也觉得，交给禄爷，反而安宁。

争夺工地、维护工地就必须要实力。豢养小弟，正是势力的保障。而社会上散兵游勇的小混混，很快就发现投靠禄爷势力的好处。在禄爷的保护伞下，他们欺行霸市、滋扰乡里、调戏妇女、放高利贷、收保护费、开设赌场等，所有不清不白的勾当，都有了靠山。他们很清楚，有了麻烦，禄爷会处理的，正如，禄爷有了麻烦，他们也会奋不顾身。当然，小弟们自创自收，也减轻豢养压力。

日益发达的龙头李天禄家族，不知怎么请了个香港风水师，相中了李美国、李英国家的风水宝地，也有人说，是龙尾李家院子前的百年老榕树，和龙头李家的宗祠犯冲，不只危及财富，还会累及子孙发达。所以，李天禄要赶李美国、李英国搬迁去惠民新农村房居住。即使村委的补偿款不是低到天怒人怨，龙尾李家也不愿搬。

他们说自己不在规划区域里，坚持不搬迁；随后，银发小弟们，忽然来强锯龙尾李家院子前的老榕树，李家自然不干，李家奶奶一边在门口持刀以死相抗，一边又到市里搬救兵。这个局面又僵住了，而锯树，因为涉及李氏宗祠，关乎龙庭村所有李姓人家兴旺，这样，李美国、李英国家就开始不得人心了。有三次，李天禄的八旬父亲，率领本村老人协会几十名老人，到李美国、李英国家围坐辱骂，劝他们造福子孙。去参加围坐的老人，每次可以领到面线两斤及调和油一斤，结果，愿意去围坐示威的老人越来越多。龙尾李家爷爷脾气温和，你围你的，我玩我的，照样听自己的收音机、看电视，但李奶奶个性强硬、傲骨威赫，经常和挡道的老人泼水对吵，最后竟然去李天禄家叫骂，结果遭到银发小弟舞棍轰赶，李家放出猎犬。狗倒是没有咬到勇敢的老太太，但是，老太太把自己给气得脑出血。直到老太太死去，围坐李家示威的队伍才消散了。这是三年前的事。两年后，这个脾气恶劣的老太太的尸骨，在墓穴里不翼而飞。去年村委会开始筹资修路，又规划出新村路，要经过龙尾李家，龙尾李家再次面临迁移。现在补偿款更低了，李英国父子坚决不从。要保住自己的家、自己的老榕树，难度肯定比当年的虾池要难得多。一方面禄爷的势力已经威震方圆百里，李氏造桥修路、捐修寺庙、入政协，有各种力量的托举扶持，可不再是当年的粗坯；另一方面，龙尾李家市里的助力，则日益萎缩，还不胜其烦。所以，禄爷知道，敢于对抗他的人越来越少，尽管他的仇人越来越多。不过在龙庭村,除了李英国家的两个浑小子李国豪、李国威,还有什么人敢在老虎嘴边拔毛?只是禄爷也没想到,自己的女儿宝船,怎么就弄死了李国豪。

十

　　石廊村的芭蕉楼实际上是指依山脚而建的上下两栋普通民居。那曾经是石廊村村民富裕的一个标杆屋。石廊村大部分土地都被占地四千亩的阳光高尔夫球场征用了，所以，站在芭蕉丛中的芭蕉楼西面，就能看到辽阔绵延的绿草如茵。沙坑、果岭、水塘、大树、灌木，在柔和起伏的绿地毯上。在石廊村、球场、龙庭村的三方交界处，有大片杂树丛生的丘陵，山脚有一个自然形成的堰塞湖，人称陈坝水库。这水库已经变成"贝加尔湖"，因为湖边已被阳光高尔夫球场开发成别墅群，据说卖得非常火爆，尤其是环湖这一圈临水的独栋别墅。这些别墅的名字，就叫贝加尔湖畔。在城市的有钱阶层的谈资里，一说贝加尔湖畔，人们第一反应就是阳光高尔夫球场边的独栋小别墅，而非苏武牧羊的北海、西伯利亚的蓝眼睛，那个世上最清澈的淡水湖。

　　彭景醒来的时候，已经是黄昏。他是被大雨打在芭蕉叶上的声音弄醒的。豆包一看到彭景醒来，立刻跳上床，和他交颈缠摩，尾巴剧烈摇晃。彭景抱住了豆包，有点泪热眼眶。彭景爬起来，一瘸一拐地走到窗边。环绕小屋的是暗沉的芭蕉丛。凄风苦雨中，满目是破败褴褛的巨大芭蕉叶在飘摇翻转。这样的景致，让彭景无比消沉绝望。

　　彭景在门边，摸到了电灯开关。屋子里有两张床，都挂着蚊帐。窗前有张灰色的电脑桌，桌上有个蓝色的两层塑料鞋架，杂乱放了十几本书和杂志。彭景随意抽出几本：《图解高尔夫完全学习手册》《高尔夫全程点拨》《再见了，可鲁》。门边，一张折叠方桌上放着布满灰尘的电视机，电视机上斜放着一本书《小狗达西卡》。彭景在豆包的陪伴下，在这个屋子内外，小心翼翼地走了一圈。这房子南边有三间屋子，北面靠山的是一间久无人用的厨房和大厅。三间屋子，除了他睡的这一间，另外两间屋都锁着。一个粗笨的木直梯上面，是个放旧农具、杂物的阁楼。屋子里看不到任何人，但厨房对面，隔着一个小院子——院子里有好几个打破的大水缸——也就是在土坡更高的地方的小楼里，有灯光、人声，有隐约的铁锅与铲子的碰撞声、拖重物的声音，咳嗽和含糊的呼叫，似乎还有辣椒炝锅的味道，穿过雨幕而来。

　　大门一响，有人进来了。

　　女孩依然戴着棒球帽，这次是灰色的，马尾长发从帽子后孔出来。她穿着黑色露着白边的无袖T恤，也许就是黑白两件背心套穿，牛仔短裤，短裤下面是均匀紧实的大长腿，在屋子里的灯光下，长腿白得要超过她脚上那双踩过雨地的白色球鞋。实际上，她的双臂也白皙如玉，如果不是质地紧实，她又动作利索，这样的肌肤，彭景会推断她严重缺少运动。女孩提着快餐、水果和一提矿泉水进来，身上散发出沐浴用品强烈的清香。彭景不知道时间，他没有手表、手机，房间里也没有钟。估计有八点多了。豆包看见棒球帽女孩，欢跃地扑过去。

你睡了三天两夜。

女孩把一份快餐放在桌上说，我带过五份饭给你，最后都给小河吃了。

噢，谢谢。彭景说，我马上走。

女孩不接他的话，说，这狗和你很亲呀。

我救过一只差点被人宰杀的土狗。那时它还非常小。彭景比画了一下，女孩盯着他的手看。她已经偷偷研究几天了，那双手，现在依然肿胀如拳击手套，手背紫黑。女孩瞟着他的手，嘿嘿一笑，说，所有的狗，都是一只狗。

彭景点头：对，它也是我的狗。

你看出它不是我的狗了吗？棒球帽下女孩似乎脸部柔和了一下，彭景感受到那是一个稍纵即逝的笑意。女孩说，它很像我小时候养过的一只狗。

也叫小河？

不，它叫万岁。和小河一样，都是棕色土狗。她转身去洗番石榴和莲雾。我离开我外婆家的时候，哥哥送我的。我一路抱回家。万岁胖胖的，一个多月大，一听人说话，又细又软的小尾巴，在大大的屁股上摇来摇去。想听懂你的话的时候，它的头会歪左、歪右，软软的耳朵都要碰到肩膀上了。但是，我的双胞胎妹妹很害怕狗，她身体一直不好。我爸爸妈妈就不让万岁进门，它就天天坐在铁门外，挠门，哀叫。我就在里面哭，我要开门抱它，可是我开不开城里的门，它叫得全家人和邻居都不能睡觉，楼上住着我爸爸的领导，我爸爸就把它踢死了。后来，我妈说是送人了。回城的那几天，我天天哭喊要万岁，要回外婆家，要找哥哥。我爸爸被我弄烦了，说，小狗早就被人吃掉了！所以，我学会开城里家门后的第一件事就是离家出走，我要去找万岁，去找我外婆、我哥哥。

后来呢？

后来警察送我回家。后来我爸妈合伙打了我。因为我必须上小学了。

棒球帽女孩看着彭景狼吞虎咽地吃饭，她觉得他身体肯定没有问题了。彭景意识到女孩在专注地看他，没话找话地说。这小河，你要好好待它。

当然。所有的狗，都是一只狗啊。女孩在黑暗的帽檐下，再次有轻微的笑容闪过。小河是我拐来的。我上下班经常路过它家院子，我看它又饿又渴，满地屎尿，那家人已经不管它了。

公的母的？

它是女孩。

噢。你在哪里上班啊？

广告公司。各种户外广告，灯箱、显示屏、邮递直送。

具体做什么呢，设计？

不会。其他什么都做。拉客户、策划、监督广告效用、户外投放管理——你的手为什么这么肿呢？你的腿也……

嗯，彭景说，被绑架了。我已经二十多天没有睡觉了。

女孩瞪大眼睛。

逃债。彭景说，高利贷。

噢，我知道。我有个朋友的哥哥，误借高利贷，两个月前把自己烧死了。

比我还惨。彭景说，这是什么地方？

石廊村芭蕉屋，离市里三十多公里的地方，属于茂田区、恩留湾一带。贝加尔湖畔别墅的对面——很安全。

彭景笑了一下，是那种不好意思承认他很在意"安全"的笑。女孩觉得那张淡漠沮丧的脸，因为这点笑意，忽然暖和起来，甚至暖得很令人宽心。

女孩说，芭蕉屋没什么人。这是老房子，后面那栋是新楼。曾经是一个富裕的村民家，后来，这家人被仇家逼得死的死、逃的逃。这两年，因为在恩留湾电子厂、光学厂、纸品厂打工的人越来越多，这家人的亲戚，就把房子出租了。不过……

彭景看着她。女孩说，芭蕉屋又叫鬼屋。有人说是后面那栋，有人说是我们这栋，经常在初一或者月圆之夜，看到鬼影或听到鬼哭的声音，还有女人突然的尖叫声和儿歌声，反正非常恐怖。所以，贪便宜租住下来的打工仔，听到这个说法后，或者真的见鬼了，就会纷纷搬走。

哦？你为什么不走呢？

租期还没到期。和我一起租在这里的人，胆子大。女孩手往窗外比画了一下，她是旁边球场的球童。什么都不怕。

哦。

不过，她最近和男友住在城里了。

你平时一个人住这儿？

也不经常住，我现在的单位包吃住——你高利贷是怎么回事呀？

放贷人要我还钱，我还不起，就被绑架，强制还钱。

你欠了他们很多钱？

嗯。我妻子不小心做了借钱人的担保人。借钱的人跑了，我妻子也跑了。他们就找我。

你为什么不跑呢？

我不知道这事。妻子没有告诉我。而我还有小生意要做，我离不开。

听说放高利贷的人会剁人指头，很凶。你怎么能逃得了呢？

刚好发生车祸。彭景指了指自己的腿。

骨头断了?

彭景摇头：估计脚踝裂了，不好踩。

他们为什么不剁你指头呢?

不知道。也许用电击，也和剁手差不多。

电击?

用高压电警棍，一个指头一个指头地电，没电了，当你的面再换电池。那个感觉，比剁指头还要命。我实在没钱，不然我什么都给他们。

可是，我在你口袋里找到了六百多块钱。

车祸现场，抢他们的。

那，你有更安全的地方住吗?

暂时……没有。

这样吧，你先住我这儿，房租你出一半——如果你怕鬼，那就算了。

不怕。六百块钱，你不会都拿走吧?

你要钱干吗呢?你一出门，就被人抓了。我还给你带饭、水果什么的。噢，空调是好的。女孩一指墙上拔了插头的空调机。

好吧，钱都给你。我再给你写个借条，向你借两千或者三千。帮我搞个手机，买个手机卡，行吗?

十一

彭景料到自己会被通缉,他需要保持安静,蛰伏着避过风头,但是那一天,他突然猛跳起来。他坐不住了。

这个叫河豚的女孩,一直忘记给他带他请求的收音机、报纸。屋子里的电视机也坏了。女孩为自己的健忘辩解说,你要那些资讯干什么呀,都是没用的垃圾。你就安心疗伤吧,不出半年,我包你平安无事。

彭景很郁闷生气,但也无可奈何。你没办法跟一个涉世不深的女孩说更多一点什么了。河豚倒是把手机和卡都给他了,但他一个电话都没有打。他在等待时机,在等洪彦的脱险康复时间,老丁或许也会帮助他,何大头肯定指望不上。还有谁,市局刑侦技术处的同学戴忆果。但这一切,他都需要掌握最好的求援时机。可是,忽然地,他想起了一件事,浑身顿时冒汗。

出事的那个晚上的长跑,大概在跑了两公里多的怪坡附近,也就是游客最多的地方，那也是将拐进新维和小区大门口的地段，他在自动贩售机投币购买了一瓶宝矿力水特。当时，贩售机前面，一前一后，分别有辆下客出租车和卸货车，挡住了直接走近自动贩售机的线路，彭景是通过一家便利店门口折返过去的。彭景曾在那社区店买过水，但是，混在买单排队的人流中，很耗时，所以，有贩售机后，他都在那里直接买水。

如果那是24小时便利店，根据公安规定，应该在去年年底，就必须安装监控安防设施，也就是说，门口的监控探头，可能会拍到经过的彭景。当然，这只是去途，未必能完全证明不在场时间，因为他可能买了水，再赶赴湿地公园杀人地。而归途，彭景知道在回程四公里处铁路疗养院与丙西村路口有一个小邮局，那里有个邮储银行网点，如果他有幸跑过押运车的车位，一定会被探头拍到，那么，基本就完成了他不在场的证明。但是，这个可能性比较小，正常的跑步，不会在没有阻挡物的情况下，好好地往里面拐一下。对于银行系统的监控，彭景有数，以前办案查证的时候，他曾打扰过那个网点的负责人大马。他知道银行的监控设施更完善，探头更高清，它的画面存储至少要保持六个月。时间很宽裕，但他估计自己看不到录像资料。作为银行网点负责人，一定很清楚彭景已经被通缉。他不能轻易冒这个险。

而24小时便利店的监控资料，一般保存三十天。个别店主会保存四十五天。因为公安只要求保存不少于七日。按通常的三十天算，那个便利店如果装了监控，又正好拍到了彭景，那么，彭景只剩最后一天。这就是他跳起来、根本坐不住的原因。他必须抢救性地去查看那个录像，至少去拿到那一夜长跑的去程的自我证明画面。

他决定当晚九点多就过去。那时候人少。

镜子里，彭景看到自己人瘦毛长，容貌狰狞。即使已经大睡多日，他依然眼窝深陷，山根陡峭，两边的络腮胡子，已经和鬓角头发粘连成片，看上去的确和流浪汉差不多。河豚给他带来过酒店用的一次性剃须刀，当时一拿到彭景差点就用了，但是，他还是住手，对镜凝神。一般而言，只要他不触动使用个人信息的系统，比如银行、乘机、网吧，应该不容易被跟踪。何大头看上去有点邀功心切，心性偏执，面对这起媒体关注、影响力大、同道作案却中途脱逃的两条命案，他完全可能大范围地张贴通缉令。如果真张贴，会用他哪张照片？不管哪一张，可以肯定，都是胡须刮干净的。所以，保留胡须也许相对更安全，只是，过分邋遢引人注目也不好。彭景彻底洗头洗澡了一次。女孩挺乖的，主动给他带来三套沙滩休闲服，格纹大短裤，黑色、白色短袖，无袖T恤，胸口印着椰子叶图案。从浴室出来，换上灰色紫细纹的大沙滩裤，套上无袖的白T恤，胸口上一帧大幅的沙滩海螺照，彭景上下打量着自己在想，穿得这样休闲逍遥，到了便利店，店家是否信任他呢？

河豚今天来得早，她进门时，彭景头发还是湿的。两人身边的窗外，落日熔金，芭蕉叶在金色的晚风里轻轻摇曳。豆包或者叫小河的狗,迎接完女孩,又冲下院子追鸡。河豚照例是充满浴后芬芳地进来,屋子里顿时空谷幽兰般清香怡人。哇哈,今天你简直像个街头艺术家!河豚放下一提盒饭,打量着长发后掠的浴后彭景。彭景摸摸脑袋,估计自己头发还是太长了。女孩说,嘿,给你皮筋,你在后脑勺上扎个小辫子!绝对酷!她真的拿出一圈黑橡皮圈。

彭景把她的手按住。

河豚说,好看啊。你有这个气质!

彭景不睬她。早吃饭也不错,开车过去,起码要四五十分钟。

今天我和你一起吃。河豚说,你敢不敢到院子里吃?那样,可以看到高尔夫球场,深绿浅绿的草地,漂亮得会让人想哭。彭景迟疑了一下。女孩马上说,呃,那好吧,就在窗口吃吧。

一人一大盒。彭景第一次在白天的光线里,这么近地看到河豚的脸。他暗暗吃惊,她的脸真是够黑的,包括耳轮。不过,也不得不承认,这张脸相当标致,它有种无畏的神气。从彭景这个角度看,那个鼻唇沟,被俊美的鼻梁、鼻孔烘衬得纯真又性感。上唇尖隐约有颗润泽的唇珠,双唇轻闭时,舒畅饱满的下唇有个微微的凹坑,承接的就是那颗上唇珠。不过,它又使这张脸看上去有点委屈,好像随时会哭起来。但她眼睛里的那份异于常人的清丽黑亮,水钻般,在忽闪间,镭射出烂漫与力量感,它统摄了绸缎般的麦色肌肤,使这张天真无畏的脸,散发着自由自在的魅力。

你的手,消肿了很多,不过好像还会颤抖啊。

彭景点头。他在想晚上是不是要借用她的车，怎么开口呢？

这是红虾，肠子里带沙，一点也不甜，很便宜。我舅舅家虾池里，都是斑节虾，蓝褐色横斑花纹的那种。从小我在那儿，最喜欢吃的就是斑节软壳虾。我外婆，会把它们用料酒腌制，裹上地瓜粉，过热油一炸，简直好吃得让人发呆。

哦。彭景说。

你不喜欢吃虾吗？河豚说。

我什么都吃。

快餐店的虾太差。外婆家的软壳虾才是绝味。它有一层薄皮，咬开的时候，牙齿间轻轻地炸开，香气和虾肉的美味，就从牙缝里爆出来了，你一定要听到那个轻轻破绽开的响声……

河豚停了下来。彭景意识到了女孩的失落，为了掩饰自己开小差，他说，你舅舅是养虾的？

嗯，我外公、外婆和舅舅们，有两口几十亩的大虾池。我小时候一直长到上学才离开。然后每年寒暑假我都会回到那里。我和乡下的哥哥姐姐会帮大人运饵料、喂虾、划船。有一年暑假，我舅舅、哥哥刚把我带去的第三天，刮大台风，天哪，海啸引发海水暴涨，我们虾池决堤几十米呢，那时我七岁吧，也帮着哥哥姐姐装沙袋，太紧张啦！晚上的时候，风狂雨大浪高，没有电了，只有忽明忽暗的应急灯，外婆搂着我，我看到大舅小舅还在虾池不知道干什么，大哥和二哥也在帮着搬运饵料，我大哭大叫，觉得他们都会被台风刮走。我使劲尖叫，比台风还要刺耳，我外婆一巴掌把我打翻。我那么小，被打在淤泥里，都成蛏子了。

外婆威武。彭景笑。

和一般的农村人不一样，我外婆喜欢女孩。她非常疼我，但我从小就觉得我外婆是海盗、恶霸、土匪。她会划船，会修供氧机，会做衣服，会和男渔民打架。紫菜饭煮得非常非常好吃。她在家，不仅叫万岁的土狗、妈妈爸爸怕她，连家里的猪、鸡、鸭、老鼠都怕她。真的，我外公说，外婆一不在家，老鼠就都跑出来偷吃东西。

彭景第一次哈哈大笑：你妈妈也是土匪吗？

我妈妈，除了长得美，其他一点都不像我外婆，她非常娇气，逢人就撒娇，很爱读书，所以，早早就考上大学进了城，当了英语老师，嫁给我爸爸。不幸生了双胞胎，一下子来了两个孩子，简直把她吓坏了，也气坏了。还好，我爸爸纵容她继续娇里娇气、四体不勤地生活，依然把她当孩子照顾。但我爸爸是一个自私狡猾、偏冷漠的人，照顾不了那么多小孩，趁着我妹妹急性肝炎，我妈妈跟我外婆撒娇，说照顾不了，我就被送到外婆家了。在那里，我长出第一个小牙，学会爬和走路，学会叫哥哥、阿嬷。我会讲的第一句话，是嘎嘎，就是叫哥哥。

你把你母亲说得像个孩子。

她真那样！有一次，家里来了小偷，我妈大惊之后，自动和小偷撒娇了：你怎么偷我抽屉的钱啊，我存了这么久，想买个空调啊……她坐地大哭,小偷不胜其烦,只好扔还她一半钱,气急败坏地跑了。我外婆知道后恨铁不成钢地骂:哭?!你跟小偷哭?!看我不一刀剁了他!

外婆果然悍勇。

爸爸妈妈讨厌我,我比我妹妹笨太多。很大了我都不会擤鼻涕,我妈妈拿着纸巾蒙在我鼻子上,绝望地喊,你用力啊用力嘛!这么简单怎么不会?!你不擤掉,一擦完你又流出来了!我妹妹很早就会数数,一到一百。而我,怎么也数不好,逢九必乱,三九、五九就连到二十、七十。在别人的助力下,好容易数到了八十九,然后,别人一不提示,我就回到了六七十。所以,我永远也数不到一百。而那时,我妹妹,在公园里已经能和老外简单问候对话了。这个问题,我爸爸比我妈妈对我还绝望。这是弱智。我爸爸说。

彭景被女孩的讲述带了进去。他认真看着这个女孩。他感到轻松的讲述下,笼罩着难以觉察的哀伤。河豚自己却笑起来:我第一次完整从一数到一百,是在二舅家。那天,大人去吃喜酒都不在家,只留下大我九岁的大哥,还有大我五岁的二哥和我。大哥一次次耐心地辅助我"九拐弯",二哥呢,一边嘲笑一边启发。我的笨,让他们很头痛。大哥说,如果你能自己从一数到一百,我就去虾池捞软壳虾给你吃。我说,冬天没有软壳虾呀。哥哥说,你数对了,就有!那是冷空气来的冬天,几天都下着阴冷的雨。为了软壳虾,我真的成功数到了一百。大哥马上穿上舅舅的连裤大雨衣,到那么冷的虾池里,帮我捞软壳虾。二哥也下船帮忙。海边的风寒冷刺骨,我们三个小孩,来到虾池边,哥哥们在虾池里发抖。后来,我的魔术哥哥也来帮忙了。那天,只捞到小半碗软壳虾,但是,我吃得非常开心。大哥和魔术哥哥一口都不吃,二哥吃了两只,他当晚就发烧了,大哥也一直打喷嚏。我们都不敢告诉舅舅舅妈,更不敢告诉外婆。我那时候真蠢得无药可救,不知道报告感人事迹,不知道感恩,也不懂心疼害怕。这个事情,一直到我自己到东北职业学校读书,校园里,冰天雪地的一个人,不知怎么的,我突然地就想到了这段往事。一下子,我在雪地里放声大哭,完全止不住。大雪纷飞中,我才醒悟我哥哥们那时多么小啊,十三岁、九岁、十五岁;我才明白,冬天的海水和冰雪一样刺骨冰冷啊。在学校那个冰天雪地的大操场里,我一个人哭得停不下来。我哥哥们在千里之外的南方,听不到。就是那一天,我忽然开窍了。我得回来,爸爸妈妈不喜欢我也没关系。我得守护着我哥哥,还有我外公和舅舅。

女孩讲述的时候,彭景一度又开了小差。他想到了湿地公园杀人石坝上的痕迹,想到了他的学霸同学戴忆果。在大学里,戴忆果也是个话痨女孩,薄薄的单眼皮眼睛里,充满狡猾与自信。彭景又想到要怎么谋借女孩的车,他不由看了下手机时间,与此同时,他看到女孩低垂下脑袋,开始扒饭。彭景有点过意不去,为自己再次忽略了这个救命小恩人而满怀歉意。

彭景默默地看着女孩,忍着暂不开口借车。女孩似乎知道他在看她，一直低着头在扒饭。彭景把汤碗推向她，示意她喝汤。女孩站起来，去了卫生间。彭景站起来看窗外，窗外早已一片黑暗，只有芭蕉屋射出的青色灯光，照亮了一小块风动的芭蕉林。

河豚从卫生间出来，一切恢复如常，她神态自若。鱼刺，她做了解释。彭景对她笑，河豚也回眸一笑，唇边贝齿如春光乍泄。彭景看着，莫名地有点感动。

女孩开始收拾餐盘。不吃了？彭景说，没吃几口啊。吃吧。我陪你。河豚摇头，其实我不饿。女孩把脏饭盒叠起。真不吃？彭景把她的餐盘拿过来，又把两人已经合并的一次性筷子，随便拿了两根。我吃掉吧。别浪费。

河豚呆看着彭景，他好像没吃过饭一样，三下五除二，把米饭、豆干、虾、青菜，全部扫光。女孩不由心虚：……以前，是不是我都给你带少了？你从来没有吃饱？彭景笑：是啊，你把我养得越来越瘦。河豚看出了他开玩笑的意味，由此感到他的温暖友善，而她还有另一种无法表达的触动，她吃剩的饭菜，除了她大哥，第一次有人这么不嫌弃地吃光了。她父母都做不到。

彭景说，今天晚上，我可以用用你的车吗？

女孩睁大眼睛。她没想到他敢出门。

哦，或者你送我到能打车的路口就行。你也可以告诉我怎么走，我走到哪里可以打车。

你要去哪儿？河豚说，我送你去。

不，不，不方便。我大概十一点前能回来。要不，我先送你回你广告公司的宿舍?

没事。我在这儿等你。真要用车，我还有摩托——买车后，我把它半卖半送给房东儿子了。不过，还是我送你吧?

你是怕我开不了你的车?

女孩看着他。彭景难掩讥讽：看你的脸，就知道你刚考过驾照。

——我天生黑!

放心吧，我车技好。在高速上我经常一脚油门踩到底。极速、安全，从来兼顾。

你在追人吗?

彭景意识到自己失口了，他挑起眉头，偏转脖颈环顾东西，含糊地做了个类似吹牛被揭穿的无赖表情。这一瞬间，让彭景幽微感伤。如今换一个角度回望往昔，五味杂陈。多少年来，他和同道在各种场合出生入死，并不觉得有什么异常。在高速公路上追捕，也确实是什么破车都油门一脚踩到底，让指针颤抖。警察从来没有比歹徒更好的车，只有更差。一般来说，他喜欢自己驾驶。高速追踪中，你的指令到驾驶者那儿，哪怕零点几秒，就是几公里的差距。而且，前后排兄弟们都不系安全带，抢的还是下车那零点几秒的时间差。谁也没有时间去捕捉恐惧，也许最大的恐惧都汽化在沉默中。极速追捕中，整车兄弟们死一般地一言不发。最终实现目标，同道散去，依然是不置一词。现在，身份倒转了，猎人心无挂碍地全力以赴，是职业的诚挚忘情，那种脑子空白似的无私无畏的能量，确实具有毁灭性的力量。这就是普通的猎人生涯，准确说，就是猎人生涯令人后怕的也是普通的一瞬间。

如今，身份倒转，反为猎物，彭景在怀想中黯然，也在黯然中怀念。也许，猎物的身份永远也无法再逆转回去了。

十二

彭景把车子开出没有多久，就感到好像有人跟踪。这是直觉。因为路不熟，他东张西望间，总感觉四处有可疑端倪，又想也许是疑神疑鬼心虚吧。农村的地界，路灯昏暗，甚至有的地段就是乌漆麻黑，还有各种自由行驶、乱穿马路的摩托车，那些呼啸来去的过往汽车，交会也不肯关闭远光灯，照得人头晕眼花。

进入市区，车速慢了下来，但是，拐进云山路口，很快就车稀路宽了，夜间的旅游大巴也少，但依然能看到夜跑的人们。作为新路，云山路车道和交通划线，黑白分明，改成沥青的路面，车轮在上面碾过吱吱轻快。彭景再次在后视镜中看到那辆可疑的摩托车。车手戴着封闭式头盔，但他的银色挡风衣，以及身形、车型，让他觉得是同一辆车。彭景四处察看，好像也没有别的可疑痕迹，看不出有别的追踪者。如果是警方跟踪，这么长的路途，早该有收网的姿势了吧。彭景稍稍有点宽心。到新维和森林小区门口，他终于看清,那个小店就是24小时便利店。

彭景把车停在方便上车的地方,透过玻璃墙面,隐约能看到店里有对年轻夫妇在选购什么,一个中年女子在收银台结账。等这些人都出来了,彭景戴着河豚的棒球帽下了车。店门口有张类似通缉令的A4贴纸,也许是普通招贴。因为别无选择,他不细看停留。他就这么大大方方地走了过去。

打扰一下。彭景说,我在找我儿子,离家出走一个月了。有人告诉我,上个月六号,在你们店看到过他。我可以看看你们当日晚上八点左右的监控吗?店员冷漠地扫了彭景一眼:这个,我没权力给你看。

我妻子急得发疯了,昨天刚刚切腕自杀,被送进医院。——请你,帮帮我!

店员说,那也得警察带你来。我没权。

彭景掏出两百元:求你!我只看一眼,给我妻子一个交代就好。

看到钱,店员有点不好意思。她的目光在回避钱,口气却软和下来:可能已经没了。我们只能保存二三十天。前面的会被后面的覆盖掉。

彭景把钱塞到她口袋。店员没有把钱拿出来,但她说,我也是看你家可怜。这是违规的。彭景飞快地操作倒时间,店员纳闷:你这么熟悉啊,其他店也找过?彭景含糊点头。他把时间起点放在了当日十九点四十分,这是扩大化的保险措施,因为扩大用时更多,这样，即使在便利店的空调房里，他还是暴汗满身。幸亏有人进店，和店员询问什么。彭景看到自己的手，无法控制地在颤抖。终于，他看见那辆白色卸货车的右侧滑过屏幕。手抖得更加厉害了，二十点二十七分，一个跑步的影子，在店门口大步走过，一下子，彭景也觉得不是自己。他急忙倒回，再看，再看，衣服裤子，没错，是他本人，但是，那个角度是逆光，面部不够清楚，只是，身形步态衣着，熟悉他的人，应该可以勉强识别。彭景瞬间口干舌燥，他拿起手机拍照的时候，一只手把他手机按掉了。

不可以！店员不知什么时候就站在他身边，语气又恢复了冷漠。

彭景说，对不起，我给妻子看一眼，看到了，也许她就不会万念俱灰再自杀——求你！

店员说，我让你看，已经违规了。

彭景在她手上再塞了一百元：找到孩子，我再来谢你！我没有更多钱了。拜托！店员看着手里的钱，换上悲天悯人的表情走开了。她去外面整理货架。彭景拍照的时候，手依然在阵阵颤抖。这是受刑过度后自主神经紊乱后遗症，他咬紧牙关、屏住呼吸，连续拍了很多张。

店员在货架那边说：明天这个时候你来，就覆盖掉啦。

在他道谢离去之际，店员突然阴恻恻地来了一句：你儿子，怎么那么老？

彭景反应神速：这人和我儿子在一起。他在，我儿子就不远。

店员打了个响亮的喷嚏,算是送别。彭景一出店门,就看见公交站牌后面的阴影里,有人戴着封闭式头盔,跨在摩托车上站着。他掏出手机,直接拨打了河豚的电话。安静的山路上,《贝加尔湖畔》的彩铃瞬间响起,摩托车手连忙低头去掏手机。彭景按掉电话,启动汽车。

他的车如离弦之箭,瞬间消失在长坡之下。

汽车开过乡间杂乱的、堆满海蛎壳的土道,辗转回到芭蕉屋外。彭景把车停在芭蕉叶的阴影下。大约二十分钟后,传来了摩托车声音,车子在更远的房屋处停下了。彭景以为自己听错了,以为是其他村民的摩托。但是,很快地,一个长发飘飘的高挑身影,出现在月光下。还真是健步如飞。她径直走到车前,小河冲下台阶迎接她。她抚摸着小河的脑袋,过来端详着车前车后。因为车玻璃暗,昏暗的光线下,她看不清驾驶座上一动不动的彭景。她猫腰靠近车窗。突然,车窗唰地降下,彭景一声怒喝:

为什么一路跟踪?!

女孩吓得后退,被什么一绊脚,一屁股坐到了地上。

彭景推门而出,把车钥匙丢给河豚。

河豚说,你……怎么有我的电话?

为什么跟踪?!彭景说。

呃……开始我是怕你路不熟,走不出村,后来,我有点担心,怕你被那个……高利贷的人抓住……

彭景看着地上的女孩。

他弯腰伸手，女孩拽拉着他的手，站了起来。

河豚说，你怎么知道我的电话号码呢？我没告诉你啊。

用你的手机，打了我电话。

啊，狡诈。

好吧。彭景说，赶紧开走吧，今天让你等久了。

我不走了。这儿有我的床。

临进门的彭景，转身站住。

我的床在你对面。我有权住在这儿。你不过是我包养的！

彭景仰头看天。包养的——有付房租的被包养人吗？

女孩和狗，撞挤开他，进门而去。

月色如水从窗口洒进屋子，清白的月光，隔开了两张有蚊帐的小床。没有空调，夜风倒也清凉，到处都是呱呱的蛙鸣，还有不知是蟋蟀还是灶鸡的声音。彭景在床上，稍微欠身，他就能看到外面婆娑不止的大而破败的芭蕉叶。

一下子两人同屋睡觉，彭景很不习惯。小鹿曾说他累了会打鼾，他也有点担心打鼾会不会吵到女孩。各自躺下后，两人一句话也不说。女孩或许也不习惯有人合睡，动不动就翻身，把床搞得叽叽嘎嘎响。在她第二次去厕所回来时，彭景说，哎，说说话吧，你害得我也睡不着。明天你这么远，会迟到吧？

河豚说，我们不坐班。

那还好。彭景说，我看你也一直睡不着。

忽然又有了新室友，感觉好奇怪。那你为什么不睡呢？

可能最近睡太多了。彭景说。

你去云山路那个店里干什么？

你说呢。

讨钱？追债？

真聪明。彭景笑。今天吃饭的时候，你好像说了个魔术哥哥。他是魔术师吗？

不是。他是我大舅家的哥哥。他很会变魔术，从小就不断给我惊喜，所以我叫他魔术哥哥。他比二舅家的大哥大两三岁。他十五岁就无师自通会开汽车了，后来再大一点，家里的虾料运输、虾药运输、供氧机设备维修、酒店送货都是魔术哥哥做。后来，他把自己变没了。

什么？

他开车，不小心轧死恶人家的人，差点被人活埋。然后，他把自己变到监狱里，再后来，他把自己变没了，死在监狱里。死的时候，和我现在一样大，二十六岁。他把自己变到监狱里的时候，刚刚结婚。后来妻子就改嫁了。

轧到恶人？交通肇事，本来就有责任。

是惹到恶人家了。那个女人，本来就是个半癫寡妇。是她乱窜，魔术哥哥才轧到她的。但是，他们家的人说魔术哥哥是无证驾驶，还酒驾，警察又很坏，就要哥哥负全责。大舅舅家还赔了二十多万，魔术哥哥还是被抓进去了。再后来就说，被里面的人打死了。大家都说，是那个恶人家买通监狱，叫牢头狱霸打死魔术哥哥的。

既然赔了钱，为什么还要打死人呢？

因为那个恶人家族，容不下我外公外婆一家。他们本来就有旧仇。

什么仇？

以后慢慢告诉你。你今天晚上拿到了多少钱？

还没有——你有很多哥哥？

大舅家，一个，是魔术哥哥。死了。二舅家，两个，是大哥和二哥。二哥也死了。外婆死了，外公痴呆了，大舅妈自杀了，大舅舅瘫了。我还剩一个哥哥。

你在说什么？怎么回事？

每家都有倒霉事。——哎，你还要去讨钱吗？

嗯。也许。

我和你一起去。

不需要。

我帮你讨！

够了！下不为例。否则……

河豚一把掀开蚊帐，言语中充满挑衅与轻蔑：否则怎样？不交房租？

落魄的人无以对抗这种蔑视。彭景翻身朝里睡，不再理她。

河豚却猛跺床板,神气活现:否则怎么样啊?——喂!

喂?!——

彭景猛地拍墙:否则——我揍你!

河豚闭嘴了。她感到了对方的怒意。很快,彭景似乎也意识到什么,语气缓和了不少:睡觉吧。谁再讲话,罚款一百!

十三

戴忆果听到电话里是彭景的声音，大为惊愕惊喜：还没死啊你。

彭景出逃一个多月了。专案组布控天罗地网，还派员追往大连彭景的老窝。接到电话，一时之间，这个一贯以高速反应著称的技术女警察，居然愣怔了很久，心头各种问题拥堵。戴忆果按掉电话，下楼，走到办公室院子空旷处的树荫下，重新打了回去。

狗命真贱！老丁还昏迷不醒；洪彦接上的小臂，几个手指头还有点僵硬；何大头的小腿粉碎性骨折，脑桥进行性脑出血，也是一番痛苦折磨，算是基本痊愈了。你没事吧？

和他们比，我很好。

也是，不好你怎么救他们。车祸后，何大头就像换了一个人，阴郁寡言，但一心扑在工作上，关于你的通缉令，是他在医院就建议发布的——你打算怎么办？

查出真凶。我没有退路。

难度很大。

是。最担心是流动性作案。兴之所至，抢了杀了就走。

我觉得这也有可能。如果这样，你这种案子，只能等猴年马月的哪一天，突然案发，带出一串。

是啊，那时我的坟头草已经比人高了。

那你也只能节哀顺变了。做个不给组织添乱的优秀死人。

彭景笑：我想要现场全部勘查情况。

戴忆果沉默着。彭景喉头的紧张滑动，让这个敏锐的同学感受到了。

别干吞口水。你知道，我不可能整套弄出来。如果你相信我，我可以跟你说说我的疑惑。

你说。

就现在的材料上看，要说你杀人，似乎也真没有大障碍。你自己也认了。只是我个人，保留了一些困惑。我在现场提取了一个模糊脚印，没有入档。因为它既不能排除，也无法认定。现在，这足迹模型还在我的物证柜里。此外，关于死者的致命伤痕，我认为角钢斜劈不会形成那样的痕迹，切入角度比较怪。但是，我说服不了他们，大家都倾向于凶器是角钢。当然，你自己也招供是用角钢劈的。

他们教我的。彭景说，这就是你的两点疑惑？

对，但是大家并不认可。也许他们和我，都在犯先入为主的错误。

你的先入为主是什么？

戴忆果笑：我错以为你不会杀人。

我就那么像杀人犯？！发我吧，忆果，那足迹模型，你先拍彩照给我，多来几张。还有，尸检报告及照片。另外，现场勘验的其他情况也给我，越多越好。

我想想吧。

谢谢你先入为主。但我，还是需要自己仔细捋一遍。

一天后，戴忆果开始发彩照给彭景。

两天后的傍晚，彭景打的去了湿地公园。他希望在游客基本退出的时段里，去查看园区大门口的监控资料。湿地公园的后区坝头，也就是案发现场，他知道已经没有多大去的意义，因为这样一个两条人命的大案，刑侦技术人员绝对会把那里翻得透底，那帮人，基本都是戴忆果那样的现场魔怔患者，是精微变态、一丝不苟的人。看看他们的现场照片、勘验记录和鉴定报告，他就有数了。但他有了自己的疑惑。凶手是怎么进入现场的？他是怎么跟踪受害人的？

按照审讯口供，他的陈述是打的跟踪小鹿，到园区大门口，营运车辆不得入内后，他一路步行尾随妻子的车辆，通往后区（这有点勉强，但是审讯人员解释为前区游客和看月亮的人多，导致车辆慢行，易尾随），进入后区，游客锐减，但仅有一条路通往坝头，而且，是汽车盲道。彭景由车找到妻子，之后潜伏在隐蔽处。当发现男受害人出现并和其妻相聚于大坝断头端时，他随手捡起工地角钢，悄悄走近正在发生性关系的被害人。(为什么没有我的脚印?何大头反诘:你以为没有是吗?是啊,石坝都是风化的粗粝砂岩,石坝石缝里都是牛筋草,所以,你很安心以为我们提取不到你的脚印,是不是?!)

彭景在村口拦出租车的时候,河豚正乘出租车回村。她一眼就看见了彭景,马上让司机掉头尾随。她感到非常刺激。聊天中确认彭景还会外出,河豚故意连续两天把车留在了芭蕉屋。但是,她把备用钥匙放在了电视机底缝隙里。如果彭景要用车,必定要向她讨钥匙,只有这样,她才能知道房客的用车时间。

彭景确实很难抵抗汽车的诱惑,来去多么自由方便。但是,女孩出格的好奇心令他十分厌烦。开着她的车,说不准就被这个满大街监督广告的人发现,你不知道她会扯出什么幺蛾子,尤其像他这样处境危如累卵、命悬一线的逃犯。其实出门前,他还是巡看了一眼,发现桌上床上没有车钥匙,他还走到了汽车旁边,摸了汽车一把。但他到底忍住了打女孩的电话讨问车钥匙的念头。也许正是这样谨慎过头的举动,再次救了他的命。

村口的彭景,完全忽略了后面跟随的出租车。事实上,这一路出租车也太多了,彭景习惯性地回看过几次,都没有注意那辆车和自己有关。

到达湿地公园广场式的大门口时,彭景看到保安亭外四五个门卫保安,一色的浅蓝上衣,暗蓝裤子。似乎在交接班,果然,离去了三个，还剩两个。彭景走了过去，托词和表情与前次在便利店一样，他觉得自己说得更诚恳了。两个保安看了他一眼，其中一个目光有点嫌厌，另一个年纪大的却显出同情，一听情况就渲染说，哎呀，昨天我看报纸，说有一个团伙，专门拐小孩啊！然后打残废分到街头去乞讨，讨不来就打！每天有指标的！

彭景沉痛无言。

那年纪大的保安看了一眼同伴说，哎，让他看看吧。反正就那一天。说着，他就擅自做主示意彭景可以看了。彭景点头哈腰地快速查看。七点四十分，他看到了小鹿的车子，五十二分钟后，画面出现了忆果所报车号的黄棕色宝马X5，也就是男受害人驾驶的SUV。那车后面似乎有一辆跟随车，但是，跟随车开到门口，还没有靠近电动栅栏，停顿了一下，就绕弯走开了。之后，是两辆的士先后进入镜头，下来的都是两三个人。还有自行车骑行者。游客或本地赏月人，三三两两地不断进来，还有小贩。彭景把带子又倒回去看，他怎么也无法看清那辆退出监控探头范围的尾随车，他不能确认它是否在尾随宝马，但是，它那个突然的闪退，让他不踏实。彭景又调开了能拍摄整个大门的广场监控探头。他飞快地倒到那个时间点，在这个探头里，能换个角度看到尾随被害人宝马车的汽车，它明显有迟疑和退缩感，但最终它退出了探头监控范围之外。彭景设法放大细看，还是看不清车牌号，也看不清驾驶者。只能判断是一辆银灰色的大众车。

看到你儿子没有？！那个嫌厌他的年轻保安是驱赶的口吻。

年纪大的保安看出彭景的沮丧，热切地说，哎，你可以到新开的餐饮区北门看看啊，那边新装的探头比我们这里的高清。

年轻的保安：他在看个鬼！

彭景感到了他的强烈敌意。彭景道谢告辞，只得往北门方向而去。就在他退出保安室的时候，之前出去的一个矮胖保安，不知何故又折返回来，彭景低头搔脑与他交错而过。

矮胖保安盯着彭景几乎停步，之后，两次扭头看越走越远的彭景。彭景想自己一头乱发虬须，不可能让他看出什么。但他还是加快步伐，往北面大门方向而去。

矮个子保安还是想起了他。

作为湿地公园保安队副队长，杀人夜正好他值班，赶上了这个相当刺激的案件，让他在亲朋好友战友圈，当了好多天的主讲人。因为警察到场勘验，他也一直忙前忙后，奉命代表湿地公园，提供了尽可能的属地配合。不知为什么，办案警员让他和另外一个值班保安，参与了嫌疑人辨认。实际上，他们都否认见到过彭景，但他却由此认识了彭景。彭景的淡尾眉，山根阴暗的高直鼻，还有有点单边耸肩的高大身形，都使他牢记。那之后他每次看相关报纸、电视新闻，脑子里都有彭景的样子。当他从办案警察老吴那儿获悉，杀人警察逃跑了之后，无论上下班，走到哪里，只要看见像彭景样子的人，他都疑窦丛生，怀疑是通缉令上的逃犯。办案警员回答他说，通缉令上没有悬赏金，不过，你真的抓到他，或者扭送到公安，肯定可以评上见义勇为，那个就有奖金了，孩子高考也可以加分。这个复员军人出身的保安队副队长说，我可不是为了钱！我认人就是过目不忘！

彭景活该倒霉。有些人就是你上辈子世袭的克星。当矮个子保安冲进保安室，确认嫌疑人查阅的是案发当日的监控录像时，他来不及呵斥手下，立刻用对讲机疯狂呼叫北门保安，描绘了彭景的模样，他命令："截住他！！给我拼死堵住！拿下！"随即向办案警员老吴打出了亢奋的举报电话。可能对方反应不令他满意，他立刻又拨打110，高声举报：在逃杀人犯！他已经瘸了！我认出来啦！他冲着办案警察和110都这么哇啦哇啦地喊。两个保安顿时为这个意外的情况，紧张兴奋得忘了给进出的汽车开门放行。两个进出的对车司机，彼此狠狠鸣笛。就在这一片混乱中，一个穿着高帮球鞋、卡其布短裤的女孩，拿着电话边走边说地走进大门，刚才她一直靠在保安室外墙上打电话，像是等人，也像是对等的朋友迟到而生气。

一进大门，这个女孩，开始在灌木道上飞跑。她身轻如燕，步幅轻捷。往北门方向跑了一百多米，就看到了大步行走却一步一瘸的彭景。女孩扑过去一把拉住他，把彭景吓得差点挥拳揍她。女孩说，北门已经关闭，跟我来！

彭景恼怒大于迟疑，他一把甩开女孩的手。

河豚喊：我跟踪你啦！也听到你被人发现了！

女孩不由分说，拉起彭景就离开北门通道，踩着林间小道，折向湿地公园后区。彭景一时理不清思路，刚才在保安室，他已经觉察到危险的端倪，但他无法判断紧急程度，而他对这个女孩，厌烦中也有直觉的信任。所以，他听女孩的。奔逃中，彭景的腿越来越瘸，他怀疑裂掉的踝骨要碎了，他还是咬牙尽量跟上这个疯跑的女孩。跑过木麻黄小林子，也就是汽车断头路，在那个落满木麻黄针叶的红土停车场前，隔着前面两大片干涸荒芜的莲花池，彭景已经看到莲花池对岸的山路，也就是佛光寺山门下的路上，有几道手电强光在交叉而来，惨白坚硬的手电强光，走得比人群远，它们冲锋在前，横扫夜色黑暗。河豚却看到了那条断头大坝上有几个休闲的人影。她扭头看彭景的时候，也看到了莲花池对岸汹涌逼近的手电强光。

两个方向，都有人扑过来了。

如果池塘有水，哪怕是化粪池，彭景也只能跳下去了。彭景也估计自己无法爬上前面的苦楝树。回看前区来路，电筒光、人声哗动也在隐约显现。口袋只会越扎越紧，哪里还有退路和藏身之道？河豚似乎看清楚了险境，她左右看着，突然把彭景推往苦楝树下的长椅，拽他坐下，她一把将彭景的白色无袖汗衫脱掉，铺在长椅前地上，随即把一瓶矿泉水倒在彭景的头发上，湿透，然后飞快地用手腕上的皮筋，为他扎了个马尾。最后她一把脱掉了自己的上衣、内衣。彭景只看到透过树影而下的月光，映照了一对玉瓷般的凝脂曲线，几乎同时，他就被河豚揽拽下地。彭景自己也回过神来，两人默契地叠躺在彭景的白衣服上。彭景斜压着女孩，河豚抱住了彭景的头。彭景竖着耳朵谛听远方的动静，感受逼近的灯光。

……瘸子，你的心脏像击鼓传花。

彭景用脸侧堵压着话痨者的嘴，他想听各种正在逼近的声音。女孩把自己的嘴拱到了他的脖颈空隙：你到底叫什么？

你不是叫了吗？

我说真名。

就这么叫吧。彭景感到自己正在松弛下来，他暗暗感动于这个没心没肺女孩的临危不惧。是的，也没有选择余地了，一切都听天由命吧。

女孩说，你再落到他们手上，估计要剁指头了。

嗯，可能会把我露头埋在沙滩上。如果我再不叫人来还钱，海水涨潮就会慢慢淹死我。

这个好玩啊。

唔……嗯。

面对着小路的河豚，看到手电光交叉逼近，她像考拉一样抱住了彭景，彭景开始吻女孩、深吻女孩。他能感到手电的强光，鞭子一样抽在他裸露的后背上，抽在他街头艺术家的马尾巴发型上。几道手电光在他们头脸胸肩部交汇，似乎在识别，与此同时，河豚被电筒光惊骇得一声尖叫，半推开彭景，欠身似乎想看究竟，马上又惊恐羞怯地抱紧了彭景。男人似乎只能狼狈地埋头抱紧怀里的女人。几只强光手电，猛然僵住。它们曾经交叉在女孩美丽、隐约的乳房上，这样的猝不及防，光柱们似乎也愣怔着回不过神来。沉寂了数秒钟后，有人一声沉喝：走！那几只强光手电，纷乱扫过长椅及苦楝树浓密的树冠，缩撤了回去。

分三路搜！这边、那边，还有那边！

很快，强光手电光柱，往前区方向而去。

彭景起身，为河豚拿过衣服。根据经验，辖区派出所会接到指令，马上在湿地公园周边道路全面设卡，估计佛光寺山门通往主干道的路，已经有了关卡。而且，会有越来越多的警力被调派过来，地毯式的搜索也许马上就会展开。困在湿地公园里肯定不行，撑到白天，只会更危险。看女孩穿好衣服，彭景拱手说，谢了。你赶紧走吧。

我带你出去啊！这里我从小就熟。

恐怕有点麻烦。你赶紧走。

河豚不再跟彭景说什么，直接拽着他就走。他们走过前后荒芜的大小荷花塘，走过通往坝头的路口，走过青石拱桥，走过石料堆。彭景诧异地看女孩把他带往佛光寺庙大门。紧闭的厚重大门边，一个侧小门突然开了。一名年轻和尚出来合掌：阿弥陀佛。

十四

李海山的暴亡，对李天禄构成的沉重打击，一直在延续。身体健壮几十年的李天禄，竟然病倒了，食欲废绝、卧床不起半个多月，日夜昏睡，起来就两腿虚飘，莫名暴咳至呕吐，有一天突然感到天旋地转，即使躺下，一睁眼就感到天花板倾斜倒转。李宝船带父亲去医院做了各种检查。脑部CT没事，肺部基本正常，有点肝肾囊肿，也不是恶性紧急问题，此外，血压高、三脂高、前列腺钙化，不过是这个年纪的人的正常毛病，但李天禄就是气息虚弱，他内心灰暗、脾气乖张。用他大儿子李海狮的话来说，李海山把老爸的魂带走了。

李天禄病倒的日子里，发生了多件让他心烦的事。

金龙公司说白了，就是靠打砸抢工地工程发家致富的。它从事建筑项目工地的土方挖掘、回填、运输业务和供应沙石、砖的地材业务。其控制成本和利润的关键点就是，节约土方运输成本，缩短土尾（卸土地点）距离。距离越远，成本越高。因为政府对土方车管理有疏忽，金龙公司就会把平整工地挖出来的土方，就近倒在附近的另一块地上。而这个地块的平整，也是金龙的，这样金龙公司就可以把土方量又算一遍钱，甚至如此继续腾挪，赚第三遍钱。也可能不是，那就是偷倒。这次出事是李海狮看工地的小弟糊里糊涂，引导金龙土方车队把土倒在了青港"阿寇"承包的工业园大空地上。他们把惜售的白土竟然倒在"阿寇"的地盘上了。

白土就是高岭土。工地土方工程，会挖出三种土，红土、白土、废土。红土挖出来，一般是卖给砖厂；白土要卖给土贩子。今年高岭土价格一直走高，金龙公司就很惜售，挖出来都是存放在无人管辖的空工地。

再说"阿寇"。能够承建工业园这种大项目的，都不是简单的属地村民。青港"阿寇"是比禄爷更资深的江湖大佬。所以，金龙遭遇了前所未遇的劲挫，人被打坏了一串，还赔了钱，那些惜售的高岭土也成了"阿寇"的货。政府的工地承建机构，也一致要惩罚金龙违规胡干。反正，龙庭禄爷这一单，无论在黑道白道，在江湖上都是遭人耻笑的笑话。所以，金龙以吃瘪为终结。

紧接着，金龙差点又丢了一个工程总投入六个亿的工地的配套工程。对手还是青港"阿寇"。

这个项目不在龙庭村，实际已经在茂田区的恩留湾和青港区交界了。说起来已经离龙庭的根据地很远了，但是，势力正在坐大的李天禄，还是得到了这个工地。它的土地铲平、地材供应、重型机械、涂料防水都归属金龙公司。没想到，青港区的老大"阿寇"，竟然挑唆项目属地村民要抢回工程。老老少少村民抗议的队伍里，混着阿寇的精干手下，竭力阻碍施工，追打工人，反复推倒围墙，还用土方车堵住工地大门。禄爷之前发过话，说遇到紧急的工地麻烦，可以先斩后奏，他事后自然会处理摆平。

那天下午，"阿寇"势力纠集了几十人在工地追打金龙工人时，禄爷被女儿宝船陪着，在中心医院做脑部核磁共振检查，无法联系。李海狮、李海龙按照父亲曾经的指示，启动紧急程序，立刻调度人马、兵器、交通工具。李海龙手下一个叫"姜宝"的，一个人就组织了四五十个小弟，再加上其他"金刚"调度来的小弟，一彪人马，手持白蜡杆和锄头柄，分乘四辆中巴车威风凛凛地杀向工地。

两拨人马就在开阔的狗尾巴工地上开战。不过，刚开始打一会儿，警察就杀过来了。双方各有伤者，"阿寇"那边有个家伙肝脏还是脾脏破裂了，有个年纪大的，耳朵给劈掉了。李海狮这边骁勇的带头小弟"姜宝""宋三棍"被警察带走。最终，工地项目一分为二，这个预估至少一百四十万利润回报的大红包，硬生生地被青港老大"阿寇"抢走了一半。而且，从未有过的，"姜宝""宋三棍"一直弄不出来。

李天禄一直认为，他的两个儿子，合起来不如李海山一个。这个事情，固然是老爸有话在先，但你不能不看对手是谁，就按老方子抓药。不过，他不得不承认，两兄弟也各有长处，李海狮天生虚荣好勇，横行无畏，这个愚忠愚义、脑子简单的人，吸引了和他一样死拼敢打、肝脑涂地以为忠义的年轻人；李海龙虽然年纪小，但天生一副千金散尽还复来的慷慨。他夸夸其谈，煽动力强，带的小弟，有难必帮。那些李天禄叫不出名字的来自云南、江西、东北的各种小弟，他都尽力照顾，甚至他们父母开刀、女友人流，李海龙都几千上万地给钱。这些年来，李海龙手下的几大金刚及金刚手下的更多小弟，是一支特别能战斗的队伍。最后，按照两年后六百多页法院判决书的综述，那些聚众斗殴、寻衅滋事、故意伤害、暴力讨债、调戏强奸妇女的事，大多是老大李海狮人马干的；而开设赌场、敲诈勒索、非法拘禁、放高利贷、收保护费，基本都是老二李海龙团伙干的。李海龙这一串，好像女孩子都喜欢自动跟着玩。

李天禄自己就是嗜血打杀混出来的，暴力绝对是巩固江山的硬道理。但是，也许年事渐高，眼界略宽，野心也大了，年轻侄儿"海山模式"对他的影响越来越大。禄爷悟出，仅仅靠逞强好勇，赢不了大局。海山第一次出手，是在多年前的力挽狂澜。当时，因为违章抢盖楼，李氏家族和前来执法的城管中队直接开战，根本无视赶来的辖区警察与街道工作人员，一路追打得城管人员及临时工们落花流水、抱头鼠窜；城管的车被砸了，中队长被打丢了一对门牙，满下巴脖子的血。最后的结局非常圆满，李海狮的两个外围小弟，顶包被刑拘，后来判了点刑，他们的外地父母，得到了不少的经济补偿；李氏合家大小、主力队员个个平安，李氏再强势抢建也无人敢过问，拆迁补偿基本落实；中队长被李家赠送了一对高档烤瓷牙，比原来的烟牙帅气；后来他和警察、街道工作人员一起，中秋节受邀到龙庭村参加博饼，大家不打不相识，成了朋友兄弟，一团和气，结下善缘。而这后面的一切推手，都是李海山。这样结下善缘的人，慢慢累积得越来越多，到这个地球上最大最圆月亮的这一年春节，两瓶XO（四年前是蓝带）、四条中华、一箱西班牙橄榄油等配置的礼品包，已经需要多路小弟，送往全市一百五十位有善缘的各类权势人家。不过，这只是"海山模式"的最低级运作。

李海龙奔进父亲屋子时，时间点就不对。

李海龙在愤愤诉说与"阿寇"争抢工地失利的后遗症，愤愤抱怨"姜宝""宋三棍"一直搞不出来，这让他在小弟面前很没有面子。这也让老爸你很没有面子了！小子说，你得赶紧把"姜宝""宋三棍"搞出来啊！大家都看着呢，外面的谣传已经夸张成李家四大金刚直接被铐走，龙庭李家根本不是青港"阿寇"的对手，再这样下去，名声坏了，别说外面的工地我们搞不到，恩留湾的那个围海造地的大工程，也会没有我们李家的份……傻小子说说说，没有注意到老爹刚刚在水池呕吐得满眼泪花、鼻头鲜红、鼻涕短长流淌。

李天禄就会想念侄儿李海山。海山总是不慌不忙，他总是游刃有余。再凶险紧急的场合，海山一说话，黑的不黑了，白的不白了，到最后人人心里一团和气做了情感底子。工地争夺战固然是打出来的，但是，如果各路关节都理顺润滑，哪怕对手的协议、意向书早已定下，哪怕青港似的"阿寇"们再横，也未必是龙庭李氏的对手，他们捣鼓不出多大动静。说到底，还是因为海山已死，金龙团队又太恃胜而骄、麻痹大意了。

在这个时刻，李天禄接到分管市领导老林的秘书小马的电话，简直就像打了一剂强心针。这就是李海山最后一夜帮他牵的金线。不过，事情很小，只是那天晚上聊到了恩留湾的阳光高尔夫球场，聊到了打球对身体、对社交的各种好处。小地方初来乍到、喜欢运动的领导老林，挺感兴趣的。小马秘书在电话里问：李董，方不方便？约个场，带几个台湾客人略尽地主之谊？也让他们感受下本地投资环境的成熟配套情况。

李天禄其实并不迷高尔夫。他是被李海山忽悠鼓动而接近"绿色、氧气、阳光、友谊"有档次的GOLF生活的。毕竟大老粗一个，一看到高尔夫从人到景的阵仗，禄爷由衷自卑。为掩饰卑怯，在那里，穿牛仔裤的他，乱扔烟头，会更加高声大气、颐指气使。脾气坏、档次差、球技烂，这样，他在阳光球场的球童中，名声也不太好。传说李老板第一次到高尔夫会所，还披着里红外黑的斗篷，这成为球童们停不了的经典笑话。要李天禄理解海山说它是难以抵抗的"绿色鸦片"，确实有点难。而海山囿于身份，从不敢放纵自己，要打也更愿意在外地球场打。有女同事问他为什么一手黑一手白，他说自己天生阴阳手，从不承认是高尔夫单手黑。海山的最好成绩说是七十九杆。李天禄曾给海山一辆车用，海山谢绝，但去年海山生日，李天禄送了海山一套卡拉威球具，海山笑眯眯地收了。李天禄最好的成绩是一百一十杆，永不破百，所以，他对高球没有激情，有时就是几个臭时髦的暴发户邀赌才下场。那些个废品大王、净水器老板和茶行、酒楼老板，跟李天禄水平也差不多，都是不分伯仲的烂队友，大家赌得开心就好。而那些真正的房地产老板、金融富人、商贸大鳄、大企业主、高端律师，是看不上这些低端球手的。所以，在本地球场，人们基本看不到这叔侄同在的情况。要李天禄选择，其实他宁愿到鸡肠岛玩麻将、玩扑克，豪赌一气。

秘书小马这个电话，让李天禄低落的生命忽然激荡，仿佛被充上了电。李天禄从头到脚顿时神清气爽，乾坤归位了，元气在回归。之前因为厌恶儿子嘴碎窝囊一把摔掉的咸粥，忽然又勾起了他的食欲。

小马叮嘱不要其他闲杂人员，所以，李天禄就亲自去约场次、约球童。李天禄认真守护这条公关金线，假装自己也高球"吸毒上瘾"，总之是尽心尽力，热情招待。其实，一场球打下来，即使用会员价，也是人均近千元。但是，李天禄很满足，他觉得自己有了新的靠岸码头。这样一来二去的，李天禄觉得自己好像真的爱打球了，球技也提升了，最好的纪录有过一百零七杆。他出现在阳光高尔夫球场赌球的机会，比过去多了。一些球童仍然在背地里嘲笑他，姿势夸张、语气粗鲁，挥杆比杀猪还难看，整个一个暴发户的土鳖坯子。但是，球童汪李姵从不嘲笑他。如果他约到了汪李姵，这个天生带笑、实际淡漠的球童，也会全力以赴帮他赢球，禄爷就会给汪李姵很不错的红包。

十五

彭景一直在琢磨戴忆果发的现场资料彩信。

他对戴忆果的两点疑惑，有本能的敏感，因为很清楚自己不是凶手，他的思路就会自动避开一些错误的歧路弯道。他询问过李海山的基本情况，看起来那是个八面玲珑、仕途青云的家伙，没有明显树敌。他的妻子，案发时，还在老家陕西。调查也显示不出她有买凶杀人的必要和部署，也没有证据显示她有杀夫之恨。陕西妻子知道很多女人喜欢她丈夫，海山也一向对各种女人友好亲近，甚至连开发区里的保洁阿姨都夸他，这种情商高到随处浪费的人，连他妻子都很难替他把情爱界限划清楚。看起来这是一个温柔又有力量的男人，按理，这种人是特别能护卫自己的生活，不会给错误后果以机会。那么，是流动作案？是侵财导致的杀戮？的确不像，侵财案没必要下如此狠手，难怪何大头要灌他芥末油，这的确是侮辱警察智商的。

专案组不待见戴忆果的鞋痕，也是有道理的。现场是个户外开放性公共场合，足迹纷杂，石头坝上，砂岩石裂隙里牛筋草横生，这导致了很多足迹残缺不全。而戴忆果放弃不下的这个鞋印，只有大半个，而且，它有顺时针方向"拧痕"。"拧痕"是由于臀部的扭动，以脚掌为中心轴，向内或外旋转，使足迹的掌心部位出现"麻花状"痕迹。而出现"拧痕"的人，大多是腿或髋关节畸形者，正常人一般不出现拧痕。在没有其他证据呼应它的时候，这个足迹自然就被冷落了。而戴忆果一直不能完全舍弃它，她认为："会不会你在置之死地而后快的愤怒出手时，有个身体的猛烈扭转导致的？"

戴忆果总是以彭景为行凶对象来阐述证据痕迹。彭景没好气地说，难怪何大头他们不理睬你。这个残余足印的步法特征，如果我没有判断错，应该是十八岁到二十八岁的偏瘦女性。

戴忆果哧哧笑。那就是说，一个膝关节或髋关节畸形的年轻女人，一口气杀了两只野鸳鸯。

彭景无语。

彭景摆弄着戴忆果无人赏识的那只足迹石膏模型。戴忆果的判断是值得尊重的，但是，确实也很难解释。要赋予这个奇怪足迹有案件意义，就必须设定足迹主人是个力量惊人的年轻女人，膝关节、髋关节的畸形者不可能完成这样的出手，那么就是运动旋转造成的"拧痕"，而一个充当钝器使用的角钢，需要什么样的体位和扭动，才能完成两下如此凶猛的斜面劈杀？连续两次？一个女人？那个女人这么深仇大恨？小鹿不至于招惹这样的凶杀，那么李海山，究竟得罪过多么可怕的年轻女人？但这也一直没有证据支持。

绝对致命的损伤痕迹，确实也很伤脑筋。勘验报告文字是严谨的：具有棱边钝器物品所致切线伤，粉碎性骨折和颅底骨折，凹陷性骨折。从伤口照片上看，凶器的力量非常猛烈。彭景就把自己当凶手，想象了一下自己和受害人的体位关系。三角铁，也就是角钢在手，最称手的应该是纵向直劈，直截了当。横劈手法有点古怪，是受制于体位吗？如果他选择横劈，那只有可能是怕伤及妻子，但事实上，凶手还是给了小鹿致命的一击。这不是他想象的半张脸，而是耳后到颧骨，颅底骨折。这是多大的爆发力啊。

彭景不喜欢河豚关注他的状态，尽管这个天真任性的女孩，再次没心没肺地救了他，彭景还是排斥她入侵式的、傻里傻气的好奇心。他不得不时时防备着她，拿到足迹模型后，每天他都在下午四点前，重新包好塞回厨房的破米缸里。有一天，这女孩居然趁他冲澡的时候，偷偷摆弄他的手机，试图解密。彭景出来大怒，勒令她不许再碰。河豚若无其事地把自己的手机丢给彭景，说，我可没有密码！你看回去吧，我们扯平！彭景气得把她的手机扔回她的床。

女孩愤愤：可恶！家里只有我，这不是防着我吗！

彭景被她"家里"二字用得好笑。但他没什么表情。令彭景没想到的是，和过去相比，河豚反而经常溜班提早来芭蕉屋，积极和他同吃同睡。一周至少两三天下榻于此。实际上，那天晚上湿地公园强烈的肢体亲昵，在彭景的回顾里，多少是有点狼狈尴尬的。他不知道这个女孩到底有多开放、多狂放。他自己因为愁肠百结心事重重，无法在这里更多停留。不过，在芭蕉屋，她倒也睡相老实规矩，并不逾界。有两次天刚亮，彭景看到豆包偷睡在她床上，两个都是蜷手屈膝侧向而睡，很整齐，看上去，就像两个颟顸的孩子。

这天，晚霞刚起，天地一片金红，她就回来了。表情似乎沉闷，一手提着快餐，一手夹抱着一大沓彩印的什么广告，气呼呼地抛掷在桌面上。彭景看它有字典那么厚，拿起一张看，一面是一个进口牌子的什么床垫，一面是房地产广告。吃饭的时候，她告诉彭景，她要把恩留湾那个广告派送员开除。那个家伙已经不止一次把齐崭崭的广告，整叠丢进垃圾箱！按规定是要把广告一一全部塞进客户信报箱的。这很难吗？！她问彭景。

吃过晚饭，她让彭景按照彩页广告上的电话号码，打电话，表达买房、买床垫意向。你一定要告诉他们，是看到我们的投递广告，来咨询的。河豚说，要知道，一个版人家投入了三四万块，不能让他们觉得钱都打了水漂。彭景只好打。先咨询卖楼的，朝向啊、户型啊，学区菜市场啊，乱问一气；然后，再打床垫电话，关心床垫弹簧，主要是问，人体卧姿的科学曲线的讲究程度，买两床可以优惠多少。

真是天生的骗子！河豚夸奖道，过几天你再帮我们打。记得要强调是看我们的投递广告啊，咨询内容变一变就好了。

你在骗广告主。彭景说。

不算。河豚说,是他们先骗顾客。

你那破广告公司会倒。

倒了我再换一家呗。对了,这个月的房租,你就用打骗人电话顶替吧。

人家有来显的。再打,我会被人当骗子窝点直接给端了!

那你用什么抵房租、伙食费啊?

欠条喽。你再借我五千。我会还你。

相信一个被高利贷追杀的烂人?!女孩笑嘻嘻的,却一脸不怀好意的阴险:只怕我死了,你都还不起。

那得看你什么时候死了。彭景也破罐子破摔一副烂人嘴脸。其实,说这话的时候,彭景想到的是自己再度落网,恶性杀人加逃逸,他只会死得更快。

十六

洪彦接到彭景电话的时候,那只断肢接回的小臂,比正常的小臂颤抖得还要厉害。这一个电话,让洪彦几乎泪水满眶。感激、害怕、担忧、焦急,轰然而至。这是出院后第三天晚上,父母和他的女友,都在客厅看韩剧。

洪彦借故透气,走出房间下了电梯。他一直到小区中庭草坪,才给彭景打了回去。这时他已经平静了很多。彭景不在意洪彦的真心感激,他强烈关注的是洪彦说的另外一些信息。一是,何大头在竭力部署追捕,关于彭景出现在湿地公园查案发当日监控一事,何大头与众不同的分析是,嫌犯是故意的,意在解除松懈对他的通缉追捕。正常思维会认为,一个成功的在逃犯,没有必要关心案发当日监控,如果会关心这个,只能是冤枉的人。但是,你们不要忘了,他是谁,他是一个精明的警察,冒险走这一步棋,树立的就是冤枉形象!让我们麻痹!让我们松懈放弃!正如他在车祸现场救人,这个动机如出一辙！想跟老子玩心计，他还嫩了点！

彭景无语。他早就想过这个问题，也想到了有人可能会这么脑筋急转弯。但是，没想到，何大头就是这样看待他的。彭景无话可说，因为早已预想，所以洪彦的话，他连应该有的惊愕、愤怒都表达不出来，倒是洪彦自己很气愤：我靠！完全是疯了！

洪彦还提供了更有价值的观察。他说，李海山开到现场的那辆SUV，是他叔叔李天禄的。他叔叔是龙庭村的村霸式人物。那天晚上，他叔叔打完高尔夫球，被李海山临时约走。而李海山在宴席上早退赴约，他叔叔就让他开他的车去。这种事，李海山自然也不便用公车，便临时接受了好意。

洪彦说，关键是，彭哥，我注意到，这叔侄俩很相像，尤其是背影。他们都是花白头发，很高很可笑的后脑发际线，还有那对有点魔兽感的招风尖耳朵。肩头也一样圆，有魁梧膨胀感。

你是说，他们俩背影很像？

是非——常——像！尤其是晚上，他使用他叔叔的车。

他叔叔叫什么？有结仇的人吗？

李天禄，人称禄爷。他不是有结仇，恐怕是仇人无数！随便问问都是天怒人怨的主。但是，这是非主流侦办思路，何大头根本听不进去。你多说，反而收获轻蔑。

兄弟，谢谢你！太重要了。彭景说。

彭哥保重。

对了，还有一个问题。彭景说，案发那天晚上我跑步的回程，在疗养院附近吧，记得有个邮政银行点。如果你身体还行，有空的话，请你过去帮我查阅一下案发当日晚上的监控。他们的押运车位置上，不是有探头吗？我不能确定我经过的时候，是否被摄入。那个位置比较靠里，我估计我没有那么幸运，跑步的人，不会那么偏离正道，除非前面多人挡道。我在对向的那家24小时便利店里，偷查到了我自己，他们那个狗屁模拟探头太低档，能看到我跑过，但那个身影，连我自己都辨认困难。

为什么不早说？吃那么多苦！

气晕了，大脑停摆。也被你们打傻了——不过，邮储银行这个完全没有把握，也许会让你白跑。

你让我们白跑的事，哪里会少？凶器一会儿扔在这儿，一会儿藏在那儿！满城瞎折腾，连胳膊也快被你害没了。

彭景苦笑。

白跑就白跑吧，最多就是这次回来打不到你了。

彭景出声笑：哎，反正你有空再去吧，储存期有六个月。现在才过一半多。倒是李天禄的现有材料，方便马上拍给我吗？

我还在病休期，突然过去看卷，恐怕有点突兀。不过，你想了解什么，也许我脑子里还有。

噢，忘了你还在伤假中。李的自然情况，还有你所知道的，都说说。

李天禄，六十四岁，龙庭村村委主任，连任两三届了。金龙工程有限公司董事长，茂田区政协委员，区企业家联谊会副主席，区明心慈善会理事。这些年，此人靠争抢工地工程发家，他们家豢养的小弟，人称"银发帮"。据说，选举村主任的时候，银发帮青年一部分在外围维持秩序，一部分在选举会场门口分发礼物，大礼物包里有毛毯、大米，还有候选人名单纸片。选举会场外面，据说沉在池塘里有两捆白蜡杆，如果选箱开票出来不是李天禄，就有人立刻冲进选票会场，捣毁选票箱，迫使重新选举。还说，金龙公司注重企业文化，弘扬中国茶道、武术，一个全国武术冠军，经常过来为公司那些爱好武术的员工传授武术。

彭景阴阳怪气地嘿嘿笑着。

哎，对了，洪彦说，茂田分局打黑大队对他肯定有印象，或者市扫黑办。因为，一直有人告他的状。

我现在还想不出茂田那边有什么兄弟我敢托付信任，所以，如果可能，这方面你帮我多收集材料，你的思考方向是对的。

十七

彭景从来就不信神鬼，让一个出生入死、见惯破碎人体的刑警相信鬼是比较困难的。但是，那个晚上，彭景确实被吓了一大跳，一时之间，他感到自己真见鬼了。

其实，自从彭景的体能能够支持他起身仔细考察芭蕉屋，他就对这个地方有种不太舒服的感觉。他从小是在单位大院宿舍长大的，不习惯农居的结构、光线和气息。最不习惯的还是那些几乎环屋疯长的破败芭蕉叶。人在屋子里，随时随地的视野边缘，仿佛有宽袖女子在窗外哭天抢地。那些无人自招摇的巨大叶子，每一丛都跟有魂灵似的，尤其是深夜，婆娑弄影，窸窸窣窣，天地幽冥。尽管屋前屋侧这些磅礴稠密的碧绿，看起来比较有遮蔽安全感。但是，瞅着芭蕉叶，不信鬼邪的彭景，心里难免凄清无着。

逃亡人的睡眠，本身就如惊弓之鸟，当院子里那个异常声音惊醒彭景的时候，他起身往窗外看，那一下子，他唰地汗毛倒竖：芭蕉丛中，一张雪白骇人的鬼脸，下面却看不见身子，仿佛就是一张死白脸，在芭蕉叶中上下游动。那脸上能看到三个漆黑的窟窿，分属眼睛和嘴巴位置。彭景屏住呼吸，在适应夜视光线后，他看到了惊悚白脸下的身影，看那身形，比他还要惶恐，因为看它移动之态，明显是慌张害怕的。这时，彭景听到远方似乎有人声喧哗，紧跟着他看到两个车灯似的光点，往这边而来。彭景不敢看时间，怕手机的光惊动了外面的鬼影。这时，他看到那个白脸鬼忽然变出白裾子飘飘，它在芭蕉林中慢慢飘移向路边。在这个弯月如钩的山村黑夜里，那飘然女鬼，悠悠然站在路边一棵大龙眼树下，侧面对着来路远远的车灯，一动不动。就和彭景预料的一样，那些追到火龙果田边的小道口的摩托车，刹车声和灯光同步凝固，他们和他一样，远远看到黑夜中，大树下一动不动的白色身影。只见那白衣飘飘的女鬼，慢慢转身，又往芭蕉屋步态幽浮而来。尽管彭景看到了这个奇怪的鬼的前期变化，但还是因为它的步步逼近，心跳如鼓起来。与此同时，田边小路那边的两辆摩托车，猛然迅速地消失了。再看正走到芭蕉屋林边的女鬼，已经瘫然在地，看起来像一团浅灰蒙蒙的水生物瘫在那里。彭景依然不动，在窗口注视着那团东西，终于，它似乎缓过劲来，慢慢地移步小台阶，往芭蕉屋来。受制于窗框，他渐渐看不到那东西的行进，也谛听不出什么，屋子的楼板也没有响。但彭景已经确定是人。虽然这一幕十分怪异，但彭景并没有介入的兴致，他悄然退回躺下。很意外地，在混合着蛙声和蟋蟀虫鸣的声音中,他隐约分辨出呻吟与哭泣声。

鬼居然哭了。彭景哑然而笑。

哭声一直没有停止,抽噎着、呻吟着,听起来凄凉而绝望。而且,并非女声。彭景又忍了一会儿,起身悄悄开门,轻轻慢慢地走了出去。他看到,那团东西就倒在屋外的四季豆架子边。一大呼隆,像团灰白色的瘪气大气球。彭景一靠近它就看清了,上端是一张儿童白纸浆面具,雪白的尖脸上,眼洞如窟。近看挺逗。看到突然出现的彭景,那人显然惊骇了,整个屁股往后磨挫了一下,他也马上看清来者是个瘸子,危险有限。鬼没有站起来,他似乎也精疲力竭了。

彭景说,进屋喝口水吧。

那人真的起身跟彭景进了屋。他把挂在脖子上的白色长裙脱了,面具也摘了。一个小个子男人,耳朵和手腕边都是血迹。彭景给了他一瓶矿泉水。小个子男人说,鬼屋还真有人住啊。

你这是干吗?彭景指指他的行头。

小个子男人唉声叹气了一声,似乎不想多说。

这白裙子和面具,哪来的?彭景忍不住地笑,也想让来者放松。

小个子男人答非所问。说,也不知他们会对我老婆、儿子怎样。

有人追打你?

小个子男人悲从中来,泪水横流:逼急了,我绝对不像龙尾李国豪那小子,把自己浇汽油烧死就算完了,我带煤气瓶冲进他家,同归于尽!

谁?

李天禄!——你住鬼屋,不知道禄爷?就是他把这屋子里的人都变成鬼的!

这个肌肉发达的小个子男人看起来很爱哭,在他前后几波的眼泪讲述中,彭景终于搞清楚了是怎么回事。

这对夫妻,因为恩留湾的产业园大开发,打工族越来越多,便筹借资金七十多万在村口开办了一个大超市。没想到,一年来,简直是个噩梦。李天禄一家,是这个大村庄的土皇帝。二十世纪八九十年代,他就打砸抢横行乡里,刑满释放后,赶上开发建设好时光,他靠贿选当上了村主任。超市一开张,大橱窗就被人砸了个大窟窿。夫妻不知道开张要包红包先去敬拜禄爷。这是来购物的村民悄悄告诉他们的。原来这个村规矩很多,生小孩、结婚、盖房子、离婚、死人,都要给村主任家"一个意思",表示恭敬和通报。老板娘因为一开张,落地大橱窗就被砸,心里赌气,就不理睬,结果,三天两头有人来找麻烦。禄爷的二儿子手下有好多个头发染成银白色的小弟,隔一阵子,就来强卖东西。比如,四个灭火器,一般合计两三百元,他们卖给超市一个就要四百五。小夫妻开始不知道这些银发小弟的厉害,拒绝。马上超市就断电了,他们直接剪了电线。没有灯,超市一片黑暗,顾客惊叫,胆大心坏的就连忙顺东西。报警后,警察来了,做了笔录,也不了了之;而且,银发小弟公开进店连续失手打坏商品。小夫妻只好认怂了,乖乖买下四个灭火器。不久,他们来推销生长期上就印有"中秋"两字的苹果,一个苹果九十九块,逼迫超市买下五十个。小夫妻说,这根本卖不出去啊!不管。不买是吗?七八个银发青少年,就在门口舞刀弄棍,堵住收银台,打骂吓唬顾客。超市没辙,只好讨价还价,买下四十个"中秋"苹果。

开张半年后的一天,这帮银发小弟突然强行往超市里搬赌博机。超市夫妻大怒,坚决不干。在推阻中,超市保安被他们打断了胳膊。超市的门面窗户、小夫妻的汽车玻璃全部被砸烂,而且,电线再次被剪断,导致无法营业。小夫妻被迫找房东,考虑交付违约金终止租赁协议,撤出超市。没想到,禄爷的二儿子警告房东,如果敢退还租金,让超市撤走,就一把火烧了他们家的房子。房东吓得哀求超市夫妻千万别撤,因为李家真敢烧。小个子男人转告彭景,这个芭蕉屋,上面那栋新楼,就是多年前一个大年初一晚上,被禄爷的人烧了,里面的老人和孩子都被活活烧死了。直到现在,初一、十五都能听到孩子的哭声,也有大人煮饭打骂孩子的声音。

没有报警?

报什么警啊,又没有证据,村安全员说,是他们家人点火盆不小心自己烧起来的。实际谁都知道,禄爷早就要报复他家,因为芭蕉屋的男人,把禄爷的哥哥打死了。虽然这芭蕉屋的男人陈某也被枪毙了,但是,李家这边气没有消,听说,还没有执行死刑,芭蕉屋剩下的家人已经被打得四处逃散，不敢回来。说是李家天天都有人过来，不见人就棍子砸、长刀劈，电视、风扇、耕牛、稻谷、锅灶、水缸、碗筷，统统被抢光砸光。天花板也捅烂了。后来是家里的老人因为八十多岁了，实在过不了漂泊躲藏的日子，也想大过年的，仇家不至于还来打闹，这样，就带着幼小的孙子孙女回来试住，没想到，就被人烧死了。不过，这是十年前的事了。反正，这芭蕉屋就成了鬼屋，那一家人再也没敢回来。

今天晚上发生了什么事，你要装鬼逃跑？

上周，他们硬装在我们超市里的五六架赌博机被警察没收了。没想到，那些银发小弟竟然要超市赔偿他们两万一。简直是疯了，这和我们有什么关系？！运行了几个月，钱都是他们赚走，而我们本来就不让他们进来，怎么警察查处了，倒还要我们赔？！

我说没有钱，他们就天天来店里捣乱，乱砸乱拿东西，逼我们交钱。今天下午给我下最后通牒，说今天晚上再不拿到钱，就让我下半辈子坐轮椅。我老婆说报警，但村民都说，报警没用。我想不然再借点钱，赔他们几千块。我老婆不肯，说你越软他们越欺负你。晚上，我们一直紧张到快十一点了。我还想他们是不是随便说的，但我老婆觉得他们会来。临睡，她把她的结婚长裙子和儿子玩的白面具塞我包里，说，万一他们真的来闹，你赶紧骑电动车逃，跑不掉就躲进芭蕉屋装鬼。村里人说，这帮孽种不怕警察，就怕那里。等天亮后就直接去报警。她说，谅他们不敢对女人孩子怎么样。结果,我刚睡下,超市卷帘门就被人砸得梆梆哐哐响,我儿子吓得哇哇大哭,那些银发小弟醉醺醺地拼命踢门叫嚣,超市的卷帘门被踹得非常恐怖。我从后门逃走。骑车的时候,翻到沟渠里,腿和腰部都摔伤了,我只好摸黑往芭蕉屋拼命赶。

李天禄不管他儿子吗?

他?小个子男人惊呼,就是他纵容的啊!不然小弟跟李家混有什么好处?!要不然银发帮威风什么?!禄爷就是真正的黑帮老大!别看他现在当村领导,什么政协委员,什么主席理事之类,他骨子里就是流氓头子!这些小弟是他的武器。抢选举权,垄断控制重点工程项目的土方、石材,打压外村势力,欺压村民,没有打手怎么行?尤其是抢工地,就跟抢钱一样,谁的小弟多,谁说话就有分量,谁就有钱!那些核心小弟,都住在他们家的旧房子里,平时听说没什么工资,但一打架就有奖金,过年过节还有红包拿。这些小弟在整个恩留湾都很吓人,只要你说银发小弟,都知道是禄爷的人,谁都惹不起啊。有个啤酒贩子,糊里糊涂把啤酒卖到石廊村和高福巷村,听说那里已是李家银发帮的地盘,吓得连夜把啤酒一家一家统统追了回来。

小个子男人说,从禄爷家大门口出来的三五十米的路两边,谁也不敢停车。只要禄爷和他儿子女儿,看到有人妨碍他们的车进出,二话不说,直接用白蜡杆砸车。一辆辆砸过去,砸!你有本事,他家赔你,你没本事,砸你活该!

他到底有多少小弟？

不清楚。听说他俩儿子手下，有什么天王、金刚、罗汉，反正一级带一级小弟，树根一样，势力很大。重阳节的时候，我看过那些年轻人给村里的老人们表演节目，台上台下，到处都是白头发。然后台上的小银发给台下的老白发递送李家给的重阳节礼物。看起来心里怪怪的。

你准备天亮去报警吗？

——唉，其实报也没用。警察早就是他们自己人了。听说管我们这边的片警，在金龙公司都有股份。再说，我们又是外乡人，无权无势无根基。你想龙尾李家市里还有人，都斗不过他。如果能告赢，李国豪用得着浇汽油把自己烧死吗？

这是怎么回事？

听说两家本来有旧仇。因为，龙尾李家市里有人，把禄爷抢走的几十亩虾池，逼着退还出来。这是禄爷唯一打不过的人家。后来，龙尾李家孩子车祸，撞死了禄爷亲戚，开车的孩子差点被禄爷的人当场活埋。后来听说，他们家奶奶的坟都被禄爷手下给挖空了。烧死人的事更是非常可怕，听说是李国豪因为虾池经营不力，用四十亩虾池抵押，向人贷了款。没想到这背后的真正老板，是李天禄家。李国豪兄弟经营不力，一时无法扭转败局，资金周转非常困难，贷款仅利息一天就要还三千多！银发小弟天天上门催债。而禄爷的女儿李宝船，听说早就看中李国豪。出事那天下午，李宝船约李国豪，两人和一大帮人一起喝酒唱歌,李宝船说她可以帮忙解决,条件是李国豪娶她。李国豪的脾气和他死去的奶奶一样坏,根本不吃这一套。这里,有人说,李宝船给李国豪下了药,有的说就是他酒醉不醒了。这样,李宝船就在李国豪胸口上文了一艘船。意思是她就在李国豪胸口上。李国豪醒来发现,大怒。提着汽油,冲到李天禄家,当着李宝船的面,把汽油哗哗浇到胸口上,然后一把火点燃了。

死了?

能不死吗?有人说他就是自杀,还不起高利贷了,以命结账,不拖累家人;有人说,是喝醉了,只想烧掉胸口上的李宝船文身。他父亲李英国一气之下,病倒了,好像说是得了肝癌。

什么时候的事?

三四个月前吧。以前,他们兄弟俩会来我们超市买东西,都非常帅、非常礼貌、非常聪明。我老婆一直说他们完全不像海边农民。

他们家里还剩谁?

只有一个哥哥是健全人,叫李国威。他们奶奶被人掘坟了;爷爷痴呆了;堂哥与禄爷结仇,被人打死在狱中;大伯李美国瘫痪;大婶自杀。现在,李国豪烧死自己,他父亲重病住院,这个家,已经完了。哦,他们还有个城里亲戚,有点权势,但听说搞不过禄爷势力,现在好像也不管乡下亲戚的事了。

你报警的时候,警察不相信,怎么办?

不相信?不相信来看啊!我有好多个村民的送货电话,再不信,他们自己去问好了。不过，他们要说自己是警察，恐怕村里人谁也不敢说真话。

我在市里打黑办有个老乡，要不你把电话给我吧。我帮你问问，看他们知不知道龙庭村的事。

肯定知道！谁都知道银发帮就是黑社会！禄爷就是黑老大！

超市老板冲动之下，给了彭景好几个电话，包括他自己的。不过，给完他马上后悔了，说，哎，这些人都是被禄爷欺负过的本地人，好几个人的腿和手，都是打断了接起来的，有两个人，都从禄爷儿子胯下爬过的，我是说，他们都能忍啊。我是不是……

小个子男人看彭景瞪着他，嗫嚅着说，我老婆、儿子，我的超市，还在村里。哎……你让你老乡，千万千万别说是我给的电话啊！

十八

如果李海山是做了替死鬼，那么，杀人者的显影，就有了另一种方向。李天禄结仇的人太多，梳理起来很麻烦，但肯定会有结果，只是，需要比较大量的走访调查，需要人力与时间。彭景没有这个优势，他集中精力在目击者和湿地公园监控探头画面上思考。根据洪彦的记忆，那帮赏月的文艺青年中的那个撒尿目击者的两次陈述——一次说，看见的骑行者手上没有东西，一次说，手上好像有报纸包裹的东西。最稳定的部分是：一个全副武装的骑行者，往石坝方向而去。头盔、骑行面巾、夜视镜。看不清面目。他步伐轻捷，一看就是户外运动人的矫健。——看不出男女吗？在警察的追问下，文艺男说，呃，我感觉是男的，我看不清……我从来没有想到是女的。应该，当然是男人吧。——多高？正常男人高度吧，步伐很敏捷洒脱，我不知道，我在桥下低处方便，他在高处，呃……一米七三四吧。

如果，此人是凶手，他是骑车进大门的？不一定，彭景知道，天枢山有条牛车道土路，也可以骑过来，骑到佛光寺下的天枢山脚下，那里连接着湿地公园后区。在湿地公园前区大门口，彭景看到的监控录像，倒是进出都有骑行者，三三两两，也有人落单。大多是拉风惹眼的骑行服，个个是正常偏瘦体型，短时间，尤其是晚上，真是男女莫辨。但彭景还是放不下大门口那个缩退、远离监控探头范围的那辆车，他觉得疑惑。也是直觉吧，这车可疑。如果仇杀成立，那么跟踪一辆宝马SUV，骑行者是不可能完成的，只能是汽车。彭景心里还是放弃了骑行者。

这辆看不清车号和驾驶人的嫌疑车，在监控里只能大致看出是一辆银灰色的大众宝来。宝来车太普通了，河豚的车不就是银灰宝来？小鹿当时也差点买宝来，要不是一个学生家长在卖马自达，积极表示可以多打折，她买的就是宝来。但这条可疑的线索很难推展，除非请洪彦帮忙调沿途监控。如果宝来跟踪宝马的时间足够长，在沿途某个监控点，留下相对清晰的画面是完全有可能的。如果看清前后车牌号，查出车主就简单了。问题在于，在湿地公园大门口，它和案主的SUV又断了连接，这种无以为继的线索，洪彦、戴忆果都不会理睬的。

彭景在苦思冥想中，去接了一电水壶水。水壶边，他看到了河豚的车钥匙。最近至少有三次，彭景没有看到她开车走。之前他问过，她每次的解释不一，有时说是留给你讨债逃难用，有次直接说，没钱加油了。而且，还特别加了一句：养你，我现在负担太重了。彭景觉得，第一个理由比较真。第二个理由，他不当一回事。因为，他已经确定这个女孩出手阔绰。冰箱里大多是进口食品，荷兰奶粉、新西兰奇异果、美国花生酱蓝莓酱、澳洲雪花牛肉之类。看来广告行业真是暴利。他也再次感到这个对自己毫不设防的女孩的任性与天真。要是家里知道她竟然收养一个来路不清的男人，那绝对要地震翻天的。

中午的村庄，在阳光下寂静。彭景在窗上看着河豚的银灰色宝来屁股露在太阳暴晒中，突然有了下去看看的冲动。他坐进了车里，车里烘热，一如既往的整洁干净，最特别的依然是里面浓郁的米兰清香，这就是每天傍晚，河豚回来裹挟而来的好闻香气，像是沐浴过后的芬芳。几次之后，彭景才断定是米兰的香味。分局院子里有很多片米兰，彭景办公室窗外也有一小片。阳光越炽烈，那些小米粒般的花儿香味就越蒸腾，但是，再浓郁，它也是清透的，就像一阵风。它从来不会包裹纠缠人。

车里太热了，彭景推开门，但是，鬼使神差，出来的他，又拉开了后座的车门。他仔细打量着后座，眼睛停留在刚才他在驾驶座扭头看到的一个小疙瘩——在后排中座位安全带扣眼边的椅缝里，露有一个微小的暗蓝点。彭景把那个暗蓝点抠出来，很像图钉，比分币略小，像个塑料蓝图钉。他拿在手上转，不明白这是什么。最后，彭景打开了后备箱。宝来后备箱不大，一个大纸包，放在一个透明提袋里，提袋印着"空调毯"字样。透明提袋下是一个折叠的自行车。旁边还有一大盒旧CD片，角落里还扒拉出几个小红木盒，一看就是扔在后备箱里基本忘记的物品。彭景把它们打开，居然是很通透的缅甸玉镯，里面有标价签，一万两千多。再看深处里还有一个黑金色小长盒子，盒子看上去像小鹿化妆台摆放的那些精华露之类的东西，彭景随手拿过，才发现里面是空的。彭景仔细辨认，"Titleist Boll in Golf"，高尔夫球？她那个室友的物品？还有一把超级大的黑伞，一个钢质的宽檐帽子。彭景把它理解成奇怪的太阳帽。彭景还是打开了空调毯透明提袋里面的纸张包装物，是两件黑色的海青。海青是僧俗二众礼佛时穿的宽袍礼服。彭景苦笑。海青折叠得很整齐。这么多天了，她居然都还没有去还回给佛光寺。那天，不是法师给了这两件海青，他们两个绝对不可能逃离湿地公园的关卡。

彭景回到芭蕉屋。

煮了两包方便面，照例打入两个鸡蛋。他吃腻的时候，还可以吃河豚在超市里买的早餐馒头、饺子之类的冻品，她也教他怎么用微波炉煎牛排。彭景说，我不吃牛肉。还有一大包冲饮汤类，鸡肉汤、玉米浓汤，等等。短暂的午休之后，彭景又掏出那个足迹模型。

陌生的男人是豆包先发现的，它毫无声息地就扑了出去。豆包的激烈身影，把彭景吓了一大跳。他急忙把足迹模型藏进床下，与此同时，他听到外面人极力克制的喊叫和跺脚闪避的动静，那人喊的是,小河!彭景走了出去,喝住也叫小河的豆包。院子里,芭蕉树阴影边,一个非常高大帅气的男人,正被豆包逼进芭蕉林。看到彭景,他似乎并不吃惊。豆包退回彭景身边。那个男人弯腰把掉在地上的一包东西捡起来,说,我给我妹妹送点东西。

他并不看彭景,径直进了屋,并一路保持着防范豆包的姿态,不时看着豆包。彭景跟着回屋,看他熟稔地打开冰箱冷冻层,把一个大塑料盒塞进去。彭景以为这个男人会注意他,会问些什么,但是,他不仅没有,反而似乎尽量避开彭景的目光。这让彭景觉得,他完全知道他的存在,甚至对他的情况早就很清楚。但是,彭景又能感觉到,来人心里似乎有事。

你坐吧。彭景说。

男人迟疑着,看着窗外,又看自己的皮凉鞋鞋尖,轻轻摩擦整治着一块并不存在的鞋底疙瘩。彭景有点尴尬。这个男人第一眼看起来很帅气阳光,可是,多看一眼,就能感觉到他有一种羞怯惶然的委顿感,就像做不出来考题、交卷铃声就要响起的沮丧孩子。这个神情,又让他呈现出悲伤的女性气质。真是毁了这一身大好的阳刚帅气。

彭景说,你是河豚的哥哥?

彭景突然想到河豚小时候怎么都数不到一百的狼狈可笑。这是拯救她的哪一位哥哥呢?来人并不回答他的疑问,潦草地看了一眼彭景,那目光就像风一样,滑过彭景的眼睛。男人说,你要住这儿多久?

　　这个问题很棒,彭景觉得,这就像一个疼爱任性妹妹的哥哥应该关注的问题。这个问题,让彭景明白,来人的怪异,不过就是妹妹已经告诉了哥哥自己荒唐的一切,而哥哥反对妹妹这样对待一个莫名其妙的逃债男人。

　　彭景讨好地说,很快……

　　彭景在回答自己将"很快离去"之时,忽然感受到有一茎什么撞击着自己心房,有点模糊却坚韧尖细。他碰触到了他始终忽略或下意识回避的情感晶芒。现在,出于本能的生存策略,他很乐意给那个帅气哥哥一个爱的错觉,而这样猝不及防的仓促应对,使他蓦然检视到自己心里对女孩复杂的、无形的情感铁锚。他更加认为来人是在确认或鼓励那种早离早散的切割,这也让他有些微不自在,甚至有点像奸情被人看破,或仿佛自己在拐骗幼女。一下子,彭景也无法直视来人了,但他获得了另一种与他真实身份无关的轻松。

　　来人轮流看着窗外芭蕉和自己的鞋尖。他并不走,却又不再说什么。彭景说,我不会伤害她。我会很珍惜的。来人抬眼看了彭景一眼,目光再次如风滑过。彭景尴尬至极,说,你们姓何吗?我是说,她为什么叫河豚?

　　你见过河豚吗?

　　彭景说,呃,在汤里面见过。冒死吃过一两次河豚。

　　河豚很可爱。它生气害怕的时候,危险的时候,想自我保护的时候，它就鼓胖壮大自己的身子，就像气球一样，它只是想让敌人住手。如果你不吃它，它就没有毒。

啊，哦。彭景说。

两人又无话可说了。彭景心里想，我的天，他为什么还不走呢。

你从哪里来？彭景又找到一个话题。

她不接我电话。来人依然没有回答彭景的意思，他说，麻烦你转告她，我们对她很担心。请她……请你一定告诉她，还是保重吧。

彭景说，我知道，我一定。我们只是……那个，我是说，彭景说着发现来人已经直起身子，对于彭景的表白，他含混地点头，潦草地表示了理解。他已经转身走出了屋子。彭景到窗口，目送那个高大帅气的男人，走出院子拐上阳光炽烈的土路，怏怏地走向一辆皮卡。

摸不着头脑，完全摸不着头脑。彭景回到桌前，想来想去还是觉得自己面目可憎。也许，女孩家里已经吵翻了，做哥哥的，就是来看一眼这个混账的同居男人的。如果是自己的妹妹，莫名其妙跟来路不明的男人同居，做哥哥的、做父母的会怎么想呢？只会比这个好哥哥更尴尬、更恼火、更愤怒。

不过，彭景还是觉得哪里不对劲。

彭景走到冰箱前，打开冰箱。他把来人塞进去的盒子掏出来，打开外面的塑料袋，里面是个盖子不太合拢的大号白餐盒，再打开，里面装满了软壳虾，至少两斤。彭景把它盖上，突然，他看到了白色塑料袋上有一行油性粗笔写的字：虾蟹硬壳宝 李国（"国"字后只有残缺的认不全的半个字）之后是一串手机号码。彭景把塑料袋拿出来，细看袋子，塑料袋来自"永旺"水产药业，一行广告手写体字：您值得信赖的水产药专家。照着光线，他仔细辨认"国"字之后那个失却的笔画，隐约好像是"豪"字。字的上半部分，被磨损了，看不清楚，但是下半部分肯定错不了，要不就是李国家？应该没有人这么起名字。

国豪，李国豪，这个名字有点熟啊。

十九

否极泰来是有道理的。李天禄算是交了好运。禄爷一宽心,看海山的狐狸脸老婆都顺眼了,亲自去看望她,还随手发放了够分量的福利。禄爷在李海山的牌位前告诉侄儿,说,感谢你最后的帮助,现在,老林和他关系处得越来越不错,老林其实也没有别的爱好,工作之余打点球,调剂调剂。他的秘书小马说,老林最欣赏我的是,义气、嘴严。你放心好了,我不会轻易给领导添麻烦的,只要这个关系在,我们就有真正的靠山。这点钱,值得花。

高尔夫,李天禄过去打得少,也不是很用心,一般都是赌友联系好了场次,他就去了。球童好坏他也不太上心,打不好发脾气就换球童。因为无论政企地位、社会关系还是球技,禄爷都是属于阳光高尔夫进出人物中层次偏低的。好球童基本接触不到,也就是说,他根本不懂、懂也预约不到A级里的好球童,或者,好球童不想伺候他,就是有空也会说,有人预约了。

李海山死之前，李天禄大概有两三次是与汪李婳同组的，因为有个火锅城老板，特别能缠磨汪李婳下场。不过，李海山死的那天，汪李婳直接做了禄爷的球童。当时，汪李婳刚刚结束两场球，回到出发台。她的第一场约球是清晨六点多，两个打九洞的客人，这都是过把瘾就赶着上班去的老总们；第二场是十八洞的，九点半下的场。两点左右结束，汪李婳刚刚回到出发服务台，李天禄和几个朋友进来了。总台以为汪李婳不会同意再接，连着两场，球童今天至少步行了四十公里，精疲力竭了，也挣够了。没想到，汪李婳一个点头，她同意了。喜出望外的总台经理，对客人们热烈感叹小汪的辛苦、技术、服务品质，夸她的抢手。事实上，汪李婳也确实几乎没有随机派单的，都是被客人预约点场的。正是这样，她才有超越一般球童的高收入。总台夸得汪李婳直恶心，是对救场的感激，也显然让客人获得了天上掉馅饼的莫大欢心。李天禄对汪李婳的感觉不错，正如台湾客人评价她，这球童一脸霸道气质，笑起来的时候，美得简直令人感激涕零。李天禄看着她难得的笑，心里确实舒展。

海山死后，李天禄带领三个"钦定"台湾客下场的那次，汪李婳也非常给面子。但那天，李天禄很丢人，居然紧张到有了"挥杆麻痹症"。他不确定自己选的杆对不对，风向判断是否可靠，方向也没有把握，他的胳膊、肩膀、颈部，甚至全身都僵硬了。作为一个市领导的黑暗使者，不知不觉间，他似乎也感到"招商引资，匹夫有责"的莫名压力。他想台湾客人可能正在暗暗笑话他的土气。他的球童一直提醒他：松弛点！握杆放松放松！禄爷一头暴汗。汪李姵走过来，把他的杆轻轻拿掉，示意他按基本站位，弯腰，让两只胳膊自然垂放于身体前面，然后，跟着她摆动两只胳膊做弯腰拍掌动作。重复了几次，她让禄爷仔细感受自己胳膊的重量。渐渐地，李天禄的胳膊和肩膀悬挂的紧张感消失了。

好了，没事了。汪李姵说，身体越放松，杆头速度才越大。

身为乒乓球爱好者的市领导老林，下场两次，就让大家看到了他的高球天赋。只是他下场，好像行窃似的有点心虚，不事张扬。他从来不和市里那些大企业界、名流界人士球手入场。他总是安静地和禄爷有时一起来练个早球，晚上没有应酬，也会悄悄和李天禄过来，进入VIP包间连接的发球台，练个晚球就走。他总是避开人多时段。虽然下场，但他的水平，基本不能叫打球，只能算实战演练。虽然悟性高，但想成为一个真正的高球手，绝对需要再花大把时间。老林似乎还特别乐意球童汪李姵跟随，老林喜欢汪球童，禄爷自然热情相让，自己只能另请其他球童。但是，说起来汪李姵对禄爷还真是不薄，有一天，禄爷低劣的随挥动作，居然把自己旋进了沙坑里。他记得，老林做了个夸张友善的目瞪口呆表情，禄爷感到丢脸至极。在老林面前，李天禄虽然殷勤有加，但他还是有意无意以老手自居的。当时，禄爷的球童，咬着嘴笑，从沙坑里把他拉起，汪李姵随口说了一句，你重心过度移向脚踝的外侧，破坏了平衡性，挥杆路径就乱了。禄爷说，有空你指导我啊。汪李姵点头一笑。禄爷是有微妙苦衷的，和老林一起来，汪李婳如果有空，绝对地、当然地，她必须是老林的球童，没他的份。尽管小费都是禄爷出的。所以，禄爷根本就没有机会跟汪李婳长进球艺。

禄爷没有想到，汪李婳言而有信，有一天，老林出差回来，想悄悄放松一下。李天禄提前一日，约汪李婳打球。汪李婳说，已经有人约了，周末客人太多了。没想到汪李婳随后打来电话，补偿似的说，你真想打好球，想学好标准的"随挥收杆"动作，我帮你试试。早上六点的早场，我会比较有空。要不你就一个人来打九洞吧，那时客人也少，我可以一路教你，包括你一直克服不好的过早地把杆头拉向里侧。或者，我推荐你去找我的老师，他在练习场当总教练。

不，不，李天禄说，你教，你指导我。

那到时再约吧。汪李婳说，反正我只有早场比较有空哦。

二十

　　戴忆果回复彭景，他询问的电话号码，曾经属于一个叫李国豪的人，家住恩留湾龙庭村龙尾后社，使用人在今年四月起就因欠费而停机。

　　彭景暗暗吃惊。这个李国豪，不就是超市老板所说的，不慎借到李天禄家高利贷的倒霉蛋，因为不愿以身抵债，直接把自己烧死在李家门口的人？这样就可以推断，送软壳虾的男人，就是河豚的大哥，烧死自己的人，就是河豚的二哥。彭景隐约记得，当时从昏睡中醒来，他接受女孩盘问时，说自己是高利贷逃债人，那个女孩就告诉他，她的一个朋友因为高利贷把自己烧死了。也就是说，女孩一开始就告诉了他，一个惨烈的故事引子。

　　这家人，是李天禄的首席仇人吗？那个高大帅气的男人，是凶手？回忆那个家伙的样子，那种不对劲不踏实的感觉又冒出来了。是，他几乎不正眼和彭景交流，如果他带着对糊涂妹妹的同居者兴师问罪的心，应该是咄咄逼人的才合理。事实上，他更像是心事重重的人，他对妹妹的混蛋同居男人，完全没有应该的敌意审视，没有激烈的怒气。他似乎来之前，就处理好了这种相遇的情绪波澜；他是平静的、理性的，是的，他也从来没有回答过彭景的任何问题。他对彭景没有任何好奇心、剖视欲。这是反常的。

那么，这样一个男人，真的是复仇者？他心里有鬼？他真的可以用角钢连续劈杀两个人吗？也不太像啊，彭景有点困惑。那个男人靠在门边、眼光像风一样滑过彭景的样子，就像一个粉饰怯生感的少年，还有一种深深的疲惫，没错，是息事宁人的疲惫无力感。

河豚是次日晚上天黑后回来的，带来三份据说很有名的"找婆冬粉鸭"，还有一提啤酒。显然，她早知道有人给她送了软壳虾，所以，一进屋，就掏出了携带的各色调味品，然后把冰箱里的虾拿出来，直接放进微波炉里解冻。彭景说，一次吃不了那么多吧。她说，剩了你明天还可以吃啊，会非常好吃的！所以，很可能我们一点都剩不下。

未必，我的牙有点发软。彭景说。

河豚带来的调味品有面粉、二锅头、孜然粉、生抽和糖。她把解冻后的虾，放进大玻璃碗中，然后投料腌渍，最后是鸡蛋面粉汁。河豚边忙边说，会把你吃呆的！非常非常好吃！不过，微波炉效果不如煤气明火，那种油锅，烧热后，虾一下去，三秒钟，那股酥香气就冲天啦。

彭景说，你大哥很帅。

对。我外公外婆一家，井水好，祖祖辈辈都是人间一流的帅哥美女。

你二哥大你几岁？

二哥？我大哥跟你说什么了？

你也告诉过我，他被高利贷逼死了。

河豚抬头看了彭景一眼，低头拌虾。玻璃大碗还是小，两只软塌塌的虾相继滑了出来。彭景帮她捡进去，一颗水珠滴在玻璃碗上。两人都僵了一下，随即，另一颗水滴掉了下来。彭景不忍看女孩。河豚说，这大玻璃碗是拌沙拉的……

声音是平稳的，但是，又有两颗大泪珠掉进玻璃碗中。

彭景起身，抱住了女孩：

别，再哭，就太咸了……

河豚放声大哭。

彭景一直抱着她。

这一顿号啕恸哭，让女孩像浴后的婴儿，所有的头发都后掠，小麦色的肌肤上，闪动着美丽年华的光泽。洗过脸的女孩，除了鼻尖还有点发红，她已经若无其事。她始终什么也没有说，又开始忙碌美食。拌透腌制好的软壳虾，被她分三份放进微波炉中。她说，如果你觉得好吃，想自己做，要记住哦，二锅头要最后倒，高火五分钟！

要那么多眼泪，我做不了。我天生不会哭。

彭景揶揄了一句，也是想继续捡起话题，但河豚狠狠地瞪了他一眼。

微波炉酥炸软壳虾，还没有"叮"地灭灯开门，就整个屋子异香扑鼻。彭景的肚子咕咕直叫，我的天啊，他说，真的太想吃了！

两人喝着啤酒，吃着软壳虾，找婆冬粉鸭也非常鲜美。彭景感叹，的确是人间美食啊！如果这个时候，逼债的人突然冲出来，我一定请他们让我吃完这些虾，要杀要剐随便吧。河豚说，你这话，我外婆最爱听了。不过，如果真的讨债的人来了，只要我在，你一定死不了。

为什么？！

因为，河豚狡狯地笑了，因为我会拼死保护你！因为我和我外婆一样，会做最好吃的酥炸软壳虾！

你妈会吗？

不会。

你平时和哥哥们在一起多，还是和爸妈在一起多？

我和我自己在一起。

为什么不和爸妈在一起呢？

因为我讨厌自私的人。

自私？

我告诉你，瘸子，越有钱越有势的人，越自私！他们害怕失去，他们害怕更大的权势,他们见死不救有难不帮,就是害怕失去一点点屁大的东西。

彭景咬到了裂牙,口腔的疼痛像闪电,让他一下捂住腮帮。

蛀牙?

彭景含糊点头:让你买牙线,你又老忘。

啊,明天!河豚笑,哎,小时候,我一个同学妈妈当牙医。他说,牙医能挣很多钱。因为我们每个人,只有一个头、一套内脏,眼睛耳朵手脚也才两份。可是,牙齿就多了,整一个牙齿,就收一笔钱。一口牙可以挣它几十笔啊。我想,我就当牙医吧,钱多,除恶,又干净。只要不把好牙齿当坏牙齿拔掉,就不会出问题。

彭景缓过劲了,笑道,是啊,总比做骗人的广告商好。

那是当然。做一个拔除坏牙的人,是高尚的。

这和高尚有什么关系?

看来,你的牙齿没有坏透。

好吧。不说你的童年梦了,说说你大哥吧。我觉得他很担心你。

我等下就去找他。

我陪你去吧。

你是想找死,还是找打?

龙庭村我去过。

谁说我要去那地方了?嘿,芭蕉壮士呢。河豚眯眼似笑非笑,海鲜果然壮阳啊。

临出门,河豚再度转身说,瘸子,要不要给你带点牙痛药?

彭景摇头。女孩咕哝着,也是,你吃了那么多。

到了院子里,女孩在下面小声喊:喂,瘸子,牙医要是把你的好牙当蛀牙拔了,他其实会很难过的。

二十一

洪彦给彭景回电话说,他让他看的那个暗蓝色塑料"图钉",已经查明,是打高尔夫球的用品:Mark(马克)。球手在攻上果岭后,用马克把球位标示住,才可以把球拿离地面。这有利于避免妨碍他球的进洞线,也可以清理球上所黏附的杂物。

——高尔夫用品?——高尔夫?

到底还是陌生领域。彭景开始翻书。河豚的前同居人遗留下一些相关书籍与旧杂志,其实之前,因为无聊,他也曾随意翻阅浏览过,但现在,他觉得需要深入了解高尔夫了。连续几天,彭景都在阅读芭蕉屋里的高球类书籍杂志,虽然完全是纸上谈兵,读得云里雾里,但至少,他比过去了解高尔夫的世界了。

几天后,彭景在电话里问戴忆果,如果我当时是用地上随手捡起的角钢,那么死者创面会有点锈迹什么的微量物吗?

我没有找到。戴忆果说,我也从来就没有肯定致伤物是角钢。

我想问你，如果凶器是高尔夫球杆呢？它的杆头是金属的。

我想想……戴忆果静默了一会儿说，我没玩过高尔夫，也没有近距离看过球杆。现在，我脑子里，只有一点过往广告图片和影像的淡漠模糊印记。它的杆头杆身好像有个角度，豆瓣似的吧？嗯，如果是这样，我想创口边缘体现的致伤物作用面特征，可能会更合理一些。你给我一两天时间吧。我研究一下。

大吃了一顿酥炸软壳虾后，连续多日，河豚都不见影踪。连人带车都不见了，有时就是发个短信，让彭景自己煮点冻饺子吃。她说他们的一个户外灯箱广告涉嫌违反广告法，正在哀求工商管理部门手下留情，从轻处罚；还有一家大的广告公司，准备和他们谈合作，也可能就是兼并或者出卖，所以，算账、吃请、请吃、谈判，很忙乱。

此时，彭景很想见到她。在芭蕉屋住了这么久，彭景第一次给河豚打电话：

微波炉坏了，我不能天天开水泡面啊。

河豚说，克服一下下。

哎，这么包养人不对吧？

嘿，好好吃吧，以后你会想念鬼屋泡面的。

叫不回来，彭景也没辙。除了细读高球书，他开始更加仔细地在芭蕉屋搜索，包括爬上那个蜘蛛网尘封的阁楼。他在厨房破败的碗柜边的一个旧纸箱里，找到了两双满是灰尘的鞋子，其中一双是匡威球鞋，二十三码，还有一双是高跟鞋，很新，也是二十三码，看上去比球鞋短。是河豚的吗？彭景感觉码数短了，一比对，果然比戴忆果的足迹模型短，他小心地把它们放回去。他在转悠中意外看到遥控器可用电池，把它装进落满灰尘的电视遥控器里。电视依然无法开机，他试了试，按遥控上的电源键，使电视机转为待机状态，然后再按了遥控器上的待机键。电视恢复正常了。显示屏一显影，画面就是高尔夫赛的频道。如果是过去，彭景肯定换频道，但是，现在，他津津有味地看了起来。

转播的是2010年莱德杯高尔夫球对抗赛。仓促储备起的知识点，已经让彭景明白，这是每两年举行一次的国际高尔夫球顶级赛事，是美国队与欧洲队的高手对抗赛。确实精彩，引人入胜。

两天后的晚上，戴忆果打来电话。她说，我的分析，不一定靠谱。因为我毫无高尔夫实际经验，我只是在两个打球的朋友帮助下，用瓜类物做了一些试验，也不是很有把握。现在我只能就录像和照片、文字、行家意见及粗糙试验展开的研究感受告诉你。你不用太当一回事。根据其创缘、创角及创腔、创壁特征，相比角钢，我更倾向于是用高尔夫球杆实施了打击。也就是说，致伤物是高尔夫球杆可能会更合理些。此外，顺便告诉你一些资讯：泰格·伍兹的击球，在球离开球杆那一瞬间的速度为每秒80米。你当然没有这么专业的力道。高球行家介绍说，高球杆的杀伤力非常大，一个好的球手，他调度的是身体的核心力量，是靠腰腹力量产生的离心力挥杆的。我们还按老虎的例子，球杆质量远大于球的质量，根据物理老师教我们的，设球杆最末端运动线速度为40米/秒，老虎的开球一号木杆1.15米，臂长0.65米，球杆重0.5千克，则球杆的平均运动速度为32.5米/秒，球杆动能为（0.5×32.5^2）/ $2 \approx 264$焦耳。相当于一千克的东西，从26.4米的高度掉下来砸到人——开瓢容易啊。

好吧。结论？

我倾向于——你，使用的是高尔夫球杆。

彭景说，那个你念念不忘的足迹模型，是在尸体的什么位置？

不是发你位置图了吗？

这个位置，忆果，够高尔夫球杆的挥击吗？

当然。够。很够。

球手右脚蹬地，能够加快挥杆速度。我觉得，你刚才的高球研究，让我更确定了足模顺时针的轻微"拧痕"是怎么形成的。

嘿嘿。戴忆果干笑。

你在想什么？

如果错了，是不是算我带你跑偏的？

如果对了，你要知道知音难遇。

二十二

汪李姵这一周非常忙。因为"阳光国际女子高尔夫赛",世界一百多名女子顶尖高手参赛,总奖金为二十五万欧元。虽然国际大赛赛时为周五到周日,但大赛的前三天,就有进入高校互动、职业业余配对赛等配套活动与赛事,因此,球场上上下下一片忙碌。有了汪李姵的承诺,李天禄已经两次打她电话,单约早球,都没有成功,搞得李天禄郁闷失落。所以,周日国际赛事一结束,汪李姵用轮休期处理了比较急的事务,周二上午就回复了李天禄,说周三可以打早球。李天禄喜出望外。周二傍晚,汪李姵又来电,说看天气预报明天有雨,要不要改期?不要!李天禄说,一点小雨算什么?!

汪李姵把周二完整地留给了自己。她把车子开到天枢山脚下,然后背着一个大双肩包,进了山门。山门通往大殿的青砖大道上,有三五成群、三三两两的信徒与游客在错落行走;而山门往左是山。古木临照下,有一条上行于巨石苍苍、杂树掩映的石阶小道,汪李婳三步两步地往上跳跑。近山顶处，她来到一块巨大的、斜披于山崖上的、状若斜屋顶的整石前。斜度平整的巨石上，可以站立二三十人放眼湿地公园。屋顶巨石下有一个竹片编制的单开门。汪李婳站在门前，很快地，有人从里面把竹制门打开了。是个石下通道，里面很幽暗，适应光线后就知道，那是通过头顶上巨石的一条石下洞穴路。走了十来米后，前方出现光亮。两人一前一后，便走出巨石下的幽暗石道，洞口迎面就是一大片竹林。下午的太阳光，斜着穿过竹林。满地竹子落叶，湛然法师就坐在竹林空地中的一把竹椅上。他前面布满干苔藓的青石悬崖护栏上，覆盖着一本线装旧书，膝上还有一本正在看的。看到汪李婳，他微微颔首。

为汪李婳开门的小和尚，退出这块竹林地。他一直退到巨石高顶边，几步石阶上，有一间稻草铺顶的小木屋子，门楣上写着"阿兰若"。木屋前，窄小的青砖院子里，有几位和尚和男女居士在忙碌着翻晒收拾什么，之后，先后有两位居士到竹林边，跟湛然法师道别，两个都是远远地伏地行跪拜礼，然后，默默退开。湛然师父也是微微颔首。

汪李婳在湛然法师面前的小竹椅上坐下，说，今天我可以在这儿玩多久？

湛然法师微笑：你不会再来了。

汪李婳也笑，拉出胸口挂的一个玉片佛像：外婆带我来的第一次，你就给了我这个。快二十年了，我经常戴着。我是不是很辜负法师？

阿弥陀佛。湛然法师缓缓摇头，种子生现行，现行熏种子。

有一个问题，我还是想问问法师。我外婆讲过一个故事，说释迦牟尼为了救船上的很多人，而杀死了同船的一个恶人，由此积累了很多功德。虽然是杀人，但是出发点是为了避免这个恶人因为杀人而堕入地狱，也为了救同船的其他人。这种杀人，并不是恶，而是善。

湛然法师闭目，我所知道的是，要证到一定境界的菩萨，才能以杀度众生。而且一般杀的是三恶道的众生，使他们解脱恶道、投生善道来修行。没有到那个境界去杀度，你只不过是造下了杀业。

法师，我在想，我七八岁第一次来的时候，法师就一直知道我是谁。

汪李姗把颈链佛像双手托还给湛然法师。湛然法师没有看她。心垢本来轻浅，却不挡随业流转。湛然法师悲悯地看着穿过竹林的金色阳光，轻缓地嘘了一口气：可惜了上根利智啊。法师接过颈链，擦拭了佛像，还给汪李姗，示意她重新戴上。汪李姗笑着摇头，我觉得值得。汪李姗把颈链佛像放在悬崖护栏上的线装经书上，说，那我就从地狱道开始重修吧。

随后，汪李姗打开脚边的大双肩包，把里面的物什一一掏出来。一包一包，是菌菇干货、植物蛋白粉、马蹄酥之类素食品。最后掏出来的是包好的两件黑色海青。汪李姗把它们码好，停顿了一下，她的目光停留在她刚才放在经书上的颈链佛像上,她看了看法师,法师慈目悲悯广远。她拿起,又重新戴上。随即,她学着刚才看到的居士们告辞时的辞行礼,有点笨拙地伏地拜别。刚才带她进来的小和尚,从"阿兰若"小屋台阶上下来,把她送往巨石下的通道。

在跨进石下通道竹制门时,汪李嬿突然回头看了一眼:湛然法师正目送着她,法师缓缓合掌闭目:阿弥陀佛。

汪李嬿的车在市区行驶。长长的木芙蓉大道两边,芙蓉花枝头红白缤纷,地下团团落英红紫绚烂。还没有到下班高峰期,路宽车稀,阳光清透。她恣肆地把车不时开得像溜冰,一路引发了许多受惊司机的叫骂,有司机赶上她降窗怒骂:喝多找死啊——汪李嬿就笑,猝不及防的司机,被那个莲花粲然一笑惊艳得几乎车子也蛇行如醉。

汪李嬿将车子停在中山公园西门。西门浅灰色的拱顶上,蓝天清澈无垠,绿树间红砖白墙错落,一辆摩托车呼啸而过,后座上女孩的长发和笑声都有如旗帜飘扬。透过公园白漆铸铁栅栏,能看到公园湖边,绿柳披拂如流苏,轻触水面;错落在绿草地上的刺桐树红花夺目,每一朵落下的花瓣,依然灼灼如血。一个白衣母亲抱举着咿呀宝贝,在桂花树下嗅闻桂花花香。一辆皮卡里的卷心菜,新鲜得卷边,她想到了明炉手撕包菜。到处都是生活的美意,静好年华绵延。走过白漆铸铁栅栏,她开始走下地下通道。那对流浪老艺人,也是她惜别的对象。在地道中间段,她听到了旋律,好像是《夏日的最后一朵玫瑰》。她慢慢走近老艺人的摊子，大个子的女老艺人依然是麻花辫，双眼轻闭；小个子的男老艺人依然是衬衫敞怀，里面是白T恤。照例，放钱的钵子里只有几张五元、一元的。精明的男老艺人可能又把钱藏起来了。汪李婳把牛仔裤后口袋里买菌菇类干货剩下的几百元都掏出来，轻轻放在了那个钵子里，然后轻轻离去。大约在她走出十来步后，突然地，旋律突变，没错，是《贝加尔湖畔》。她始终不明白，老艺人是用什么弄出了如此逼真的关门声，嘭的那一声离别的门响，一下子抽搐了她的心。她听到了永远的离绪别情，汪李婳不由收脚站定，身后，《贝加尔湖畔》的旋律，萦绕弥漫震颤了整个地下通道：

……

多少年以后

如云般游走

那变换的脚步

让我们难牵手

……

这一生一世

这时间太少

不够证明融化冰雪的深情

就在某一天

你忽然出现

你清澈又神秘

在贝加尔湖畔

……

汪李婳入定般站着,没有回头。如果不是泪流满面,她就像石化了一样。直到整个旋律结束,汪李婳都没有回头。旋律停止了,身后静谧得不像一个工作日的下午,世界仿佛特别留出了这么一个告别的时空。汪李婳没有回头,她继续往前,走到通道口,强烈的日光从阶梯口洒下,她一脚踏上台阶的时候,终于回望了隧道深处:两个流浪老艺人都站着,手持乐器,面对着汪李婳离去的方向,目送她远行。汪李婳再次泪水满眶,她大步登上台阶。

二十三

坏消息是，洪彦查了邮储银行的高清监控探头，那个时间段的探头里，根本没有看到彭景跑步经过的身影。洪彦说，就凭这，我们又该打你一顿。彭景很无奈。但是，还有好消息。洪彦虽然病休在家，但凭他惊人的记忆力，很肯定地告诉彭景，撒尿文艺男在一次接受警方调查时说，自行车骑行者手里好像拿着报纸包的细长状物。洪彦说，此人的联系电话我记不住，确定要，我就找其他兄弟帮你看。

彭景说，多细多长？

洪彦说，记得没有人追问。他的陈述内容不在领导的侦办思路上，可能就忽略过去了。

彭景生气：万一是他妈的角钢呢？也不问？

唔，撒尿男是说"好像"。再说，随手捡的凶器，也不可能再随手捡到报纸包吧。

彭景嘀咕：撒尿，拿细长物干什么，又不是打点滴。

还有，彭哥，医生宣布，老丁这辈子就是植物人了。他妻子恨不得亲手枪毙你。

上次不是说感谢我吗？

认识境界提高了。要不是你杀人，老丁现在好好的！

彭景沮丧，但还有更好的消息。实际上，就是这个更好的消息，让彭景不在意洪彦反馈的打击。彭景在芭蕉屋河豚习惯停车的位置，终于找到并拍摄下一个相对完整的脚印，和石膏模型比对后，他没有把握，就把照片彩信发给戴忆果，请求同一认定。戴忆果抱怨着，说像素太差，光线没有表现力，几乎看不清细节。彭景哀求她仔细用心。两天后的下午，戴忆果骂骂咧咧地回复说，比对完了，如果没有判断错，它和现场那个大半个、带顺时针方向"拧痕"的球鞋印，从步态特征点上分析，有50%的相似度。只要他乐意，她也可以倾向认定是同一个人。

"是"与"不是"各一半？——该死的相似度！彭景得寸进尺：帮我调监控吧，忆果，我要案发那一天，被害人借用的宝马SUV去现场前的路线。你帮我看尾随它的银灰色的宝来车。我要它的车号，确认车主。

忆果说，我今晚飞上海，有个华东区专业交流论坛。为了你的破事，我的论文到现在还没有写完！

该死！临门一脚。

少来啦,等我回来再说!

彭景无可奈何。

临门感烧灼的彭景,再次拨打河豚的电话。河豚说,晚上有朋友生日聚会。彭景说,你已经五六天没回来了,微波炉不拿去修,车子也不留给我用,狗粮也见底了。你饿死我们有什么好处呢?

也是哦。河豚笑,但我保证,这是你最后一次吃芭蕉屋的开水泡面。以后你再想念,也没有了,好好吃吧。

你的意思是——你明天会回来?

嗯,尽量。你想吃什么?

找婆冬粉鸭,啤酒软壳虾。

月色清辉万丈,大地沉潜静谧。从芭蕉屋的窗口,清白的月光像一节火车车厢一样投洒进来,把芭蕉屋的两张小床,隔如两边站台。河豚轻手轻脚地进屋,已经过了十二点。彭景仰睡在自己的床上,一手枕在脑后。他怕热,赤膊着,也拒用蚊帐。浴巾的一角,斜搭在腹部。

河豚看着芭蕉屋月光站台上安睡的人。自从佛光寺师父把他的长发胡须剃光之后,她觉得他就像换了一个人。那个清晨,他穿着黑色海青,和穿海青的她一起衣袂飘飘地走出山门,坦然穿过警方层层关卡之际,她真的觉得这个男人太复杂太帅了。他像黑洞一样危险,也像黑洞一样充满魅力。

其实河豚的汽车还在几十米外的村路口时,豆包就开始兴奋地低鸣了。听着车辆熄火在窗外的轻轻关门声,听着小屋轻轻的开门声,彭景一动不动。她终于来了。他看着豆包扑进河豚的怀里,看到河豚嘘豆包的声音。她给了豆包什么东西,豆包趴到门边,啃得嘎嘚嘎嘚响。之后,一股浓郁的米兰清香靠近了窗口。彭景闭上眼睛。他希望河豚赶紧睡下,然后,他设法在台灯下,偷拍几张她清晰的鞋底照片。

米兰的清香不再移动,它停留在床前,久久不散。彭景偷看了一下,月光中,女孩倚靠在"月光车厢"里的椅子上,扭转看向他的身子,如雕塑般流丽。那双富有弹性的大长腿,雪白得简直要反射月光,也许是她的脸太黑反衬的吧。心里发笑的彭景闭上眼,忽然,他感到脸部、喉结、胸部上有凉凉的器物滑过,它在他的胸、腹之间,来回滑翔跳荡,轻轻点刮、画圈,有点痒,也带来身体的异样,他忍着。那器物在他身上小毛巾被外的所有裸露肌肤上点顿、游走、耕犁。

喂,女孩声音低沉如耳语,却透着坏水,你一个被包养的人,怎么可以这么不敬业?——喂,醒醒!那器物钻进彭景的胳肢窝,痒得彭景一把夺过,竟然是一枝手臂长的嫩芭蕉叶,仿佛铁扇公主的瘦长版铁扇。月光火车厢里的女孩,被突然跳起来的彭景一把抱摔进小站台。

当那枝芭蕉叶在河豚身上游走的时候,彭景的手通过芭蕉叶,一再感到了自己心房的阵阵震颤。相比她的小麦脸,这个女孩的身子实在太皎洁无瑕,难怪湿地公园的苦楝树下惊鸿一瞥,充满后坐力。苦楝树下,月光凸显的美丽曲线,仅是一瞬就赫然炫目。这是自带光环的、汉白玉般的身体啊,肩头和乳房、下巴之间构成的美丽三角地带,呼应着漂亮紧实的腹部。芭蕉叶在迷人的脐眼徜徉,再下来是纤细结实的弹性腰肢,再下来是矫健柔婉的臀胯、耻骨曲线。如此比例合理的腰腹扭动,蕴含着多大的爆发力,它当然可以摧毁一切。这充满力量感的美好身体,应该获得最高的礼赞。彭景的嘴唇,替代了芭蕉叶的景仰之旅。此时此刻,他觉得什么都不重要了。就这样一夜千年地持续下去吧,就这样一无所有,就这样沉冤无期,就这样抱着她,就这样反复和她生而复死、死而复生,挥霍生命的菁华,把自己碾进永恒的生死轮回。

休息期,河豚的指头在彭景的胸膛上轻揉重捻,就像鉴赏珍玩:我至少看到你两次做俯卧撑,小河都跳坐在你背上。怎么训练的?

是你的狗在训练我。

哈,好吧。我真是有眼光的包养人啊。

彭景抚摸着她光滑的肩膀。河豚又笑:那天在湿地公园,树下长椅边,我感到你已经到了发球台。

彭景已经不再尴尬,说,那时候我就想随便吧,我顾不了了。

那为什么不发球呢?

哦……没想到他们不给我作案时间。

彭景啄吻着河豚的耳朵，河豚的身体就像风掠过的湖面。

彭景说，真该像球王老虎，第一洞就一杆直上果岭。

你说谁？！伍兹老虎？他不是球王。球王是帕尔默，阿诺德·帕尔默。1960年，美国公开赛，在樱桃山俱乐部，是帕尔默第一洞就一杆上果岭，全场打出六十五杆。

我觉得老虎就是球王。他的挥杆时速达到一百二十英里都站姿不变，他的核心力量超群出众。平时他的开球距离，近三百码。

女孩直起身子，有点急：老虎现在是高坛称雄，但尼克劳斯已经是二十五年的高球霸主。说开球，杰克·尼克劳斯曾经一球开进停车场，但最终拿下小鸟球……

河豚声音忽然平静低微下来，她停住了。她看到了彭景的眼睛如星光闪耀。谁是真正的球童？谁是广告从业者？谁的面颊是高尔夫黑？

两人陷入了难以打破的静默中。大家都平躺着纹丝不动。

最后，还是河豚开了口：知道"甜蜜点"吗？

彭景有些微的迷惑，但他马上领悟过来，女孩不是在谈情说爱，她指的是高球专业词汇。可惜临时抱佛脚，囫囵吞枣，他记不真切了，只好含糊地说，好像是指发球有效位置。

"甜蜜点"，河豚说，是指在击球的瞬间，杆面与球发生最佳接触的区域。如果击球的部位正好在"甜蜜点"，能量就没有损失，打出的球会又直又远。反之，离"甜蜜点"越远，能量损失就越大。

彭景若有所思。

他的手掌一直覆盖在河豚的额头上,轻轻摩挲着。

要珍惜每一次纠错的机会……河豚的语音混沌慵懒低微,听上去像在撒娇。彭景心里的怜惜在痛楚地滋长。月光的火车依然停在两边的站台中间,窗外,蛙声零落,星空寂寥,倒是芭蕉叶在簌簌索索唗唗中婆娑起舞不息。彭景揽过平躺的女孩,一直把她抱护在怀里。

女孩手里却多了她刚才那枝嫩芭蕉叶,芭蕉叶在月光车厢和站台间上上下下翻转。彭景说,睡吧。河豚说,你不是一直嫌芭蕉叶破败凄凉吗?其实,你看,它小的时候,叶子也是完美无缺的。所有的芭蕉叶,后来都是破的。一生的风吹雨打,谁能保持童年的美好?

彭景觉得自己就是最残破的芭蕉叶。他亲吻女孩的额头、眼睛。

河豚突然起身,赤裸着穿过月光火车厢,掏出背包里的手机:你还一直嫌我给你的手机像素太低,好吧,我决定送你一个像素、音质和这一模一样的手机。你听一下,音质极棒!

别别,半夜三更的。

没事,芭蕉屋,除了鬼,就是我们。一起听吧,都是自己人。

  在我的怀里 在你的眼里

  那里春风沉醉 那里绿草如茵

月光把爱恋　　洒满了湖面

两个人的篝火　　照亮整个夜晚

多少年以后　　如云般游走

那变换的脚步　　让我们难牵手

这一生一世　　有多少你我

被吞没在月光如水的夜里

多想某一天　　往日又重现

我们流连忘返　　在贝加尔湖畔

多少年以后　　往事随云走

那纷飞的冰雪　　容不下那温柔

这一生一世　　这时间太少

不够证明融化冰雪的深情

就在某一天　　你忽然出现

你清澈又神秘　　在贝加尔湖畔

你清澈又神秘　　像贝加尔湖畔

……

男歌手低沉深情的声音，磁颤着床板，磁颤着芭蕉屋。月光火车车厢中，纤尘曼舞。彭景完全被这个旋律与歌词带入意境。他抚摸着身边的人，旋律中，她光滑如玉的胳膊与乳房，已经满是战栗的鸡皮。

音质怎样？她说。

非常棒。他说，你喜欢这歌？

我喜欢真正的贝加尔湖，想去看蓝冰！我喜欢冰天雪地。我外婆说，下雪可以杀死很多病毒。会下雪的地方，都是干净的。

瑞雪兆丰年嘛——这像素有多少？

八百万像素。明天，你将得到它。

太贵重了，我写欠条给你。

不用，记着包养你的人。

彭景抚摸她的脸，忽然感到手潮，他想再确认。河豚翻身趴睡，把脸埋在了枕头里：快睡吧，明天我早班。五点五十前我得到。

二十四

六点零一分,太阳从海平面射出金红色的刺芒,随着金红色的喷薄之光越来越强烈,奶蓝色的天空,流动着平底螺蛳状红底云,漫天头大尾细一揪一揪的云朵,有的尾巴长,有的尾巴短,整齐划一的就是它们的金红色底部,那是朝阳托盘。螺蛳云朵太厚的部位,会呈现出美丽的灰色,整个天空此刻无比绮丽绚烂。这也是汪李婳一天中,最痴迷的时刻。虽然夕阳的光照有时会混淆朝阳,但是汪李婳永远不会。她知道,闭上眼睛,清浊自分,夕阳的天地里会有一股用旧了的浑浊气息,而朝阳的长空中,永远是甘甜清冽的。

汪李婳最喜欢的还有球场拂晓的草香。每天草坪维护工都会赶在第一拨客人下场之前,把草坪全部修剪一遍,所以,整个球场,就会弥漫着沁人心脾的素色清芳。那是天地间最干净的时光。

从果岭往下看,太阳就像往上斜打光的平射灯,把球道边的树木、沙坑的侧壁、人影,都拉得很长。草坪在越来越强烈的红光中,泛出金绿色的深浅条纹，呼应着水面鱼鳞般的粉金色波光。此时，天上已经是红霞满天，如火如荼。

李天禄有点兴奋：朝霞不出门哪，等打到第九个洞，可能就是满天乌云大雨了。带雨伞雨衣没有？我这可是新球包！

李天禄今天着装簇新，宝蓝色的德国Golfino高球上衣、白色长裤，后裤兜还塞着白手套，浑身上下都是运动名牌。天刚亮，他的车子就进了阳光球场大门。一拐上球会上坡道，远远的，门口值班的球童就向他挥手甜蜜致意。禄爷一下车，过来帮他背球包的球童就热烈夸奖：李总，今天真帅！禄爷心情大好。预约的球童汪李姵，也站在一侧，虽然没有赞美他，但是她笑了。她眼看别处，一抹温婉浅笑，若有若无，神秘中透着一点自家人被赞美的羞赧。禄爷看得心尖都酥了。这就是最大的肯定。果然，办理手续的服务总台的小妹，又再加证实：哇！酷毙了！李董。您今天太有范儿啦！

今天客人很少，正如服务台小妹所言。下场一路望去，旷远的云水之间，晨霞万里，偌大的球场上渺无一人，茵茵绿毯，绵延铺展着伸向远方，一只野兔飞奔过绿地，闪进杂树林。朝阳喷薄中，天海磅礴，球道边山崖青葱迤逦，沙坑如雪；烟蓝色的湖面，被刚刚腾出海面的太阳光，打上了一道道斜照的树影，那是被拉长几倍的树木的身子。球童和禄爷的身影，也被倒映在丝绒般的球道上，细长如铁线人。禄爷被这样的天地尊卑倒转的光线迷惑了一下，心里生出小小的感动。他殷勤地给汪李姵递上了一罐燕窝、一盒澳洲鲜奶。汪李嬿谢了,把它们放进自己的斜挎工作包里。禄爷说,丫头,今天我会给你双份小费!你不要舍不得教我啊。

汪李嬿似笑非笑,但她确实一路指导得格外用心——

……这个洞,主要的威胁是,正中那个长三十码的大沙坑,即使不入坑,坑边斜坡的长草区,也非常麻烦。所以,开球超过二百六十码的炮手要小心,不过,你现在还没有这个力道。

……这个洞吧,看起来有点设置不合理哦,和前一个一样都是三杆洞,距离都是一百七十码左右,但是,和前一个洞相反,这个是从高往低打。选杆你可能要相隔二号,甚至三号……

……这杆可以用左曲球来救。用二号铁杆试试?必须先让左曲球低飞,让它穿过小树林之后,让球有劲道拉起向上,到果岭着陆……

彭景是突然被什么东西唤醒的,可能就是他自己悬而不安的心。

半夜里,他终于熬到怀里的河豚睡熟,假装去洗手间,一下床,他就提起了河豚的球鞋。他把自己黑色的T恤轻轻铺在台灯下,把她的鞋底朝上,在鞋边放下一支笔,商标朝镜头,以利戴忆果做比例参照。他拍了正面、左右、上下四面的侧光照片,一口气拍了五六张鞋底印,然后,再把鞋子小心放回去。

这件事情做完,彭景如释重负,简直有点扬扬得意。一分钟不到,他酣然睡去。他睡得很沉。天刚亮的时候,河豚起来,他浅醒了一小会儿,模糊中看到赤裸上身的女孩,牛仔裤才提上,拉链未合，豆包就扑她的腿。河豚蹲跪下搂狗，两个一样高的女孩，在交颈拥抱。豆包似乎把鼻脸埋在女孩的颈窝，一人一狗，久久不动，宛如雕塑。彭景觉得又像是梦境。他再度沉沦于睡梦中，睡梦中，一阵米兰香抚摸过他的嘴唇，还有木门开启和关闭的响声，以及豆包眷恋的咻咻哀鸣，一切都在梦中。

　　彭景再次醒来，已经是天光大亮，苍穹青灰，至少是河豚离去一个多小时之后了，他当然不知道他错过了漫天泻红流金的美艳朝霞。稍微思索了一下，彭景依然眼帘沉重，差点又被困意埋没。听到豆包在他床前哀鸣着，似乎想上床。彭景闭着眼伸手抚摸豆包，脑子渐渐清晰，猛然地，如醍醐灌顶，他一跃而起，跳下床，光着脚直奔到桌上翻找一本杂志，他记得那本杂志上贴有一块圆形贴纸："仅供阅览，请勿带走。"下面是阳光高尔夫球场的预约电话。彭景边打电话，边飞快地穿衣、套鞋，冲出门外。

　　请问：李天禄先生，今天早球吗？

　　对方很快回答：是的，先生。您需要什么帮助吗？

　　李总的球童是谁？

　　汪李姵。

　　彭景狂奔在清晨的田野上，一步一瘸；豆包在他前面飞跑，又不断地回头接引催促彭景加油。彭景希望村口就有路过的出租车，私家车也行，不，摩托车、什么车都行！彭景觉得自己太他妈迟钝了，习惯性地按部就班思考，简直愚不可及！居然还猎取女孩足印，到了这个时候，还需要如此多此一举吗？想想吧，女孩其实把什么都亮在明处了。我的天！她是来告别的！

——好好吃吧，这是你在芭蕉屋的最后一次泡面。

——八百万像素，你明天就能得到它！

——不用，记着包养你的人。

——要珍惜每一次纠错的机会……

天啊！我的天，她正在矫正她的"甜蜜点"偏差！

彭景强行拦下一辆鲜花饰顶的婚车，美丽的新娘听说是警察，竟然喜悦地同意豆包也上车，尽管新郎愁容隐约。彭景控制着狗，脑子里在复原全部案件：李天禄那天在球场就被河豚盯上，她也许一直在等待这个机会。禄爷计划是去鸡肠岛豪赌，他本该死在上鸡肠岛的松林步行道上，但临时被李海山改变计划。不知变化的球童一路尾随，直到晚宴地。当换车的李海山走向禄爷的车时，球童在夜色中未发现目标错误。宝来一路跟踪宝马SUV到湿地公园，在大门口，宝来车狡猾地避开监控，当SUV驶向公园荒芜后区，有备而来的球童，立刻换自行车追赶。通往后区，只有一条汽车道。当李海山走向断头大坝时，球童确认杀机已到。她手持球杆，悄然逼近。两情缱绻中的李海山，把整个后脑勺留给了球童做球。为什么要杀小鹿呢？小鹿一定在叫喊，地上还有拨了一半的电话，拨了两个数字"11"。是报警吗？小鹿经常做事一根筋，完全可能在情绪冲动下，做出损人不利己的选择，引来杀祸。

彭景觉得自己太自负、太迟钝了。螳螂捕蝉，黄雀在后，球童看他一清二楚。他竟然还满嘴谎言，很不屑地糊弄着、算计着以为涉世未深的天真对手。

为什么好端端的，女孩和豆包结缘？

为什么她从不怀疑他简陋的逃亡解释？

为什么女孩从来没有对他的家庭有正常的好奇心？

为什么每一次历险，女孩都出手相助？

为什么她在危险中，总是超然地镇定自若，视死如归？

为什么她的哥哥一脸隐情、讳莫如深？

为什么她对高尔夫如数家珍，却说自己是搞广告的？

为什么她说我们是你死我活的关系？

为什么女孩对他如此包容爱护？

为什么她要说，拔错好牙的牙医，其实很难过？

我靠——太傻了我！彭景叹息。

二十五

四辆婚车接连冲进球会大门时，惊呆了阳光高尔夫俱乐部的大门保安。呼啸的婚车队，也把坡道上值班迎客的球童和来打球的客人们都看傻了。彭景跳下车，直奔里面球场出发服务台：警察！请带我马上找到汪李姗！

服务人员显然对这个着沙滩裤的光头男人很疑惑，尤其是他身边还有一只黑棕土狗。他们索看证件。来不及带！彭景怒喝，情况紧急！涉及李天禄客人的生命安全！——他们在哪儿？！

一个总台人员怀疑他是精神病。但值班领导说，既然结婚新人都相信他，我们也相信他吧，毕竟人命关天。球场同意用球车带彭景去找汪李姗。

此时，李天禄、汪李姗已经在六号洞果岭。在六号洞果岭的斜前方，很容易看到龙庭村和石廊村交界的杂树丘陵地带，再过去，就是堰塞湖陈坝水库改造的"贝加尔湖畔"。

湖畔都是一栋栋红瓦尖顶小别墅楼。

　　李天禄满脸喜悦而逢迎的憨笑。今天，这个冷漠霸道的球童，是如此温柔又美好，美丽的贝齿，不时回应着朝阳之光。她轻声细语地介绍着，手把手地指导着他，如何确定风向、把握草势、抓果岭线。李天禄即使接连犯错，她也恬淡温柔，给足了暴发户尊严与面子。李天禄暗自思忖：球童终于知道了老林是什么人物，也终于知道了我禄爷的魅力。

　　……这个洞，职业球手都叫它狗腿洞。左边是陡坡杂树林，右边是球场唯一的悬崖峭壁，球道不容易看清。上次和林先生一起的那次，你在发球台上，把球直接打进了树林里。当时，我不是你的球童，也不好建议什么。不过，你今天上果岭这三杆都非常漂亮。

　　六号洞果岭上，球童递给禄爷推杆。就是这个时候，汪李嬿隐约听到了远方球车道上的人声，球车在驱驰。似乎有人在叫喊什么。李天禄没有注意，他手持推杆，正全神贯注地琢磨球线，把球推进洞。这个距离有二十码，以他的水准，三推都不可能成功。这就是禄爷脑子在快乐运行中最后思考的一个问题。

　　他身后的汪李嬿，从他的崭新球包里抽出了七号铁杆。

　　球车不能开进球道草地，开车球童很死板、机械。彭景在六号洞最近的地方，下车冲向果岭。可以说，他是看着河豚一个漂亮的随挥动作，收杆横过肩头之际，李天禄已栽倒在地。天地间，果岭上，彭景看到了潇洒遒劲、美轮美奂的女子挥杆。球童听到也看到了彭景,因为彭景的叫喊,让这一杆的劲道有所折损,她决定再补一杆的时候,被扑过来的彭景一把抱住。两人一起摔在丝绒般的果岭老鹰草上。

李天禄脸朝下,已经像一具尸体。

彭景打了120,打了110,打了洪彦电话。

绿草茵茵的果岭上,河豚和彭景面对面站着。马尾高扎的女孩,手持球杆,英气逼人,姿容俊美。球场的工作人员,正在往这里赶来。更远的阳光高尔夫乡村俱乐部门口,警车已经到达。

你怎么知道我在这儿?球童说。

你偷的杂志,封面贴着"仅供阅览,请勿带走",下面有地址电话。

河豚笑:你拦我,意义不大。

剩下的事,交给我吧。彭景说,我会连根拔掉。替你哥哥们、替所有被欺侮的人,找回公道。

球童指着左前方:从这儿往下看,山林里有个被人刨掉的空坟,那是我外婆的。尸骨至今找不到,但我知道,她还在这里。她非常固执。每次路过这儿我都在想,我要在这个地方,打出"甜蜜点"最正的这个球,那样,我外婆就看得到。她绝对会用本地话大喊:Nice Shot!

彭景点头。

雨开始下了,越下越大。

球童伸手,她的食指,像涂唇膏一样,圈抹着对面彭景的嘴唇。那手指似乎在探测告别的其他可能性。彭景略有犹疑,但旋即一把搂过女孩,以决绝的深吻回应着球童。豆包在他们腿边跳脚,想参加拥抱。

拥吻中,河豚把她的手机塞进彭景的沙滩裤大口袋:对不起,瘸子哥哥,终于还你清白自由了。

这就是你要送我的手机?

不然怎么叫一模一样呢。

彭景抱紧女孩。他知道,人们正在围近,也许已经在他身后。雨中,河豚在耳语:"甜蜜点"失误的球杆,还有劳力士表、项链,都在球会的集体宿舍里。

彭景回以耳语:嗯。回头,你自己告诉警察。

二十六

汪李婳杀李天禄案，案件性质与情节的激烈程度，都不亚于几个月前警察嫉恨月下情杀的劲爆，类似于高台跳水，但是，这个案子落水的水花，小到了最低程度。有外媒将此报道为"球童杀土豪案"，本地警方也睁一只眼闭一只眼。由于凶犯对案情及对超级月夜误杀经过均供认不讳，凶器、赃物都面面俱到，案子毫无阻力、毫无悬念地终结，之后按程序走公诉、走审判流程去了。

李天禄头骨爆裂，脑袋受到重创，下半截瘫痪了。老天似乎恶意地保存了他清醒的头脑和半条老命，就是为了给他、给李氏家族一个梳理反省这十几年暴虐涂炭百姓的机会。但即使禄爷只剩半条老命，在乡里仍威势不减。扫黑警察关于龙庭村黑社会势力的调查取证工作，推进得比预估的艰难，很多村民看到警察模样的陌生人，转身就关门了。直到球童汪李婳被执行枪决的那天。当日傍晚，龙庭村民活动中心的老榕树下，忽然出现了第一束鲜花。随后，又出现了三束花,还有带着狗尾巴草的,后来出现了一个白色的高尔夫球和一整枝的蓝紫色的牵牛花。次日,更多的东西出现了:芒果、芭乐,各种水果,还有冥币、糕点。那颗高尔夫球被人放进一个新竹编小箩,变成了两个,随后,箩里小白球变成三个、四个、五个,越来越多,球漫出了小扁箩。巨大的老榕树下,摆放着越来越多的小白球。龙庭村和石廊村村民,经常借口看自家林地,进出球场,顺便捡球。捡来的球洗净后,会以三五元、十元的便宜价格再卖给打球者,补贴家用。不少人家,囤积了上百个。

大树下,越来越多的高尔夫球,宣示了哀思的对象,也宣示着村民越来越袒露的愤怒。大树下,人们看到了共同的心愿,也看到彼此的力量。人心在老榕树下微妙地连接呼应。抑制邪恶的气场,悄然出现。而这种公然祭奠的冒犯行为,竟然没有被村里的大喇叭追责。

村民认为,这就是一个邪不压正的信号。

渐渐地,越来越多的知情人,开始悄悄帮助便衣调查的警察,越来越多的受害人主动联络扫黑警方,尽管多名知情人要求以秘密证人的方式做证。扫黑警察也在马不停蹄地推进。这个盘根错节、黑色触须正伸向权势与荣誉阶层的黑恶蚁穴,渐渐松垮。虽然阻力重重,推进艰难,但是,彭景等扫黑兄弟们,在艰苦鏖战了一年多后,终于收集好扎实证据,撬动了根基。

在大逮捕行动的那天凌晨,警方调动了刑侦、特警、派出所等十一个小组、三百多名警力实施抓捕围捕。李海狮、李海龙兄弟公然持枪、大刀、白蜡杆、弓弩等与警方激烈对峙，双方各有负伤。

经过四十七天的持续开庭，一审法院最终形成的一审判决书就有六百七十三页。它涉及一百六十七名证人、四十八名被害人、五十三名被告人。近五厘米厚度的一审判决书，就像一本大《辞海》。

……以被告人李天禄为首的黑社会性质组织，盘踞在茂田区恩留湾一带，通过实施违法犯罪活动，欺压残害百姓、称霸一方。李天禄、李海狮、李海龙、李治奎、李治忠、付良明、张鼎、赵勇全、余亮、陈四来、李巍、李有光、贺进、贺红均有违法犯罪的前科劣迹。多名成员有持枪犯罪记录。

该犯罪团伙依仗组织势力，干扰基层选举，非法介入市、区重点项目建设，动辄以暴力手段牟取经济利益，严重破坏当地的社会管理、经济秩序，涉嫌持枪寻衅滋事、故意伤害、聚众斗殴等严重刑事犯罪。该团伙长期为非作歹、鱼肉乡里，对多数被害人形成严重的心理强制、威慑，致使多数被害人受到侵害而不敢报案。该组织犯下了一系列违法、恶性案件，给本地及外来人员造成严重心理压力和精神恐慌，影响了百姓的正常生活，严重影响了当地的社会治安，使政府的公信力遭到破坏，影响了政府对当地社会的管控，致使当地的社会、经济秩序,遭到严重破坏。

为了便于对组织的掌控,被告人李天禄以金龙公司为掩护,采取四级管理模式:被告人李海狮、李海龙直接听命于被告人李天禄;被告人李治奎、李治忠、付良明、张鼎则对李海狮、李海龙负责;余下被告人赵勇全、余亮、陈四来、李巍等,又对上级"四大金刚"负责。其中,被告人李海狮,侧重打架斗殴、寻衅滋事等暴力方式,争夺利益,争抢工地等日常管理秩序的运作与维护;被告人李海龙侧重赌场放贷、娱乐场所控制、强收保护费、暴力讨债、非法拘禁、敲诈勒索等方式,获取各种非法经济收入,豢养打手小弟。

经审理查明:以被告人李天禄为首的黑社会性质组织,实施了聚众斗殴、干扰选举、寻衅滋事、敲诈勒索、非法拘禁、强迫交易、故意伤害、妨害公务等犯罪、违法案件共计51起。以上事实,有以下证据予以证实:

证人李世杰陈述(卷28 P39—42)……李天禄刑满释放后次日,抢夺村民张金球儿子的地材供应工程,打掉张金球六颗牙齿……

证人李二香陈述(卷22 P17—19)……龙尾后社李过年的母亲出殡的时候,李天禄父子去现场摆场子打架,因为李过年牵头和几个村民写了告状信,告红树林补贴款,为什么村民一分钱都拿不到。当时,那个场面吓得请来的法师都没办法念经了，直到李过年全家人跪下认错；李旺来儿子结婚的时候，没有给李天禄发红包报喜，迎亲当日，李天禄儿子派人送来了两个白色大花圈……

证人林珍英陈述（卷20 P12—17）……那些土方车的土乱撒，全部流进虾池，村民李英国阻挡土方车，叫他们不要污染虾池。马上，李天禄家大儿子叫来了五六个带锄头柄的人，李英国的摩托车一下子被打成烂铁，他也被打得满脸是血，最后不得不跳进虾池逃跑……

证人苏清柱陈述（卷26 P7—10）……因驾驶十八米长货车到龙庭村高远纸品厂载货，出来后被一辆黑色小车挡道，其触碰该车期望报警引出主人移车让道，结果冲出七八个银发青年，砸烂货车窗、踩断其胸骨，最后找中间人赔礼道歉才放行……

证人黄学莲陈述（卷26 P11—12）……其夫走在村委路口，一辆白色小轿车开过，后视镜剐到他的手臂，其夫骂了一句，吐了一口口水（其实根本看不出来）。他不知道是村主任的老婆开的新车。晚上李天禄叫其夫马上到他公司去。其夫不敢不去。其见其夫深夜未归，就过去寻找，其夫已经在他公司车辆办公室，被几个银发年轻人打得脸部红肿，他们要他把车后顶舔一遍，把唾沫舔干净。其火冒三丈大骂李天禄，拉起其夫就走。没想到，李天禄上来就是一耳光。其与其夫都吓呆了，没想到，李天禄连女人也打……

证人胡松林（卷27 P41—43）……恩留湾区几乎所有工厂的工业废品都是李天禄妹夫在垄断回收，乾龙电子集团（港资企业）不卖工业废品给他们，乾龙负责人的路虎车就被李天禄手下的银发帮给砸烂了。砸车小弟被抓后很快就无罪释放了……

证人陈东美……

证人屠小英……

证人李英国……

证人李国威……

证人陈四海……

秘密证人1——

秘密证人2——

秘密证人3——

……

磬竹难书大概就是指这样如山的控诉和证言了。在这本厚如《辞海》的判决书里：

被告人李天禄数罪并罚，判处有期徒刑十八年，并处罚金一百二十七万元；

被告人李海狮数罪并罚，判处有期徒刑十五年，并处罚金四十四万元；

被告人李海龙数罪并罚，判处有期徒刑十四年，并处罚金四十四万元；

……

在监外执行的李天禄，成天在床上用他半个身子与受损的脑袋瓜愤懑追怨：这一切，就是因为李海山不在了。如果他还在，谁敢撼动我龙庭金龙?！作恶者从不思量"多行不义必自毙"的老话，而账总是要还的。他当然不知，此次，警方矢志不渝要彻底捣毁李氏黑恶势力的恒心与毅力。

尾声

从北京飞往伊尔库茨克的航班上，五个结伴旅行的声乐学生总在关注一个独行者。这四女一男大学生模样的旅行人，在候机长椅上，就注意到了那个落落寡合的中年男子。他沉默、阴郁、礼貌，耳朵里始终有耳机线。有个耳尖的姑娘告诉同伴，他在听《贝加尔湖畔》。因为目的地一致，且看他腿脚不便，年轻人热情地拉他入伙同行。双方在伊尔库茨克下榻地不同，但在奥利洪岛，年轻人再度和他相遇，并下榻于同一个推窗即景、屋顶积雪的小旅馆，随后，他们又一同前往奥利洪岛北部。女大学生们对这个深沉而瘸腿的同胞，母爱、友爱、情爱竞相温暖关怀。男人似乎更加退避，他耳朵里始终塞着耳机，一副谢绝打扰的姿态。一月份是贝加尔湖旅游的淡季，游客很少，湖面已是厚冰，就这么几个中国人伴行在冰天雪地的贝加尔湖畔。如此朝夕相伴，男人依然是沉默寡言、用语淡漠简省。

第三天，他们乘破冰船登上奥利洪岛北部。看到蓝冰的时候，大学生们欣喜欲狂，在冰上飞旋追逐狼嚎。中年男子趴在蓝冰上，对准冰下，拍了好多照片。后来他仰面看天，一动不动。一个活泼外向的女大学生，迈着欢乐的舞步，突然弯腰，摘掉男子耳朵里塞的耳机线，塞进自己耳朵。女学生对同伴欢悦叫嚷：又是《贝加尔湖畔》！

中年男子牵牵嘴角，轻浅的笑意，只是礼貌地告慰对方：他没有生气。

后来，他们一起倚靠在巨礁旁等候日落。他们一起面对逐渐灰蓝中泛出微红的天空，看着冰面上反射着越来越浓烈的橘色；远远的前方，横亘在天空与辽远湖面间的山脉，也由灰湖蓝色转为灰棕、深棕色，天空则泛出大片金辉，原先灰蓝的云系，也转为漫天丝状红雾，长空如火如荼。年轻人欢呼尖叫，小伙子、姑娘都含着手指，在打响亮的呼哨。

他们相约，明天一早，要看贝加尔湖畔的日出。

他们的中年同伴，早已避开年轻人的喧腾，独自走向巨礁的另一边。

次日，曙光初白，许多浅灰色的条状流云，还来不及撤出夜场，旭日已是红光开道，漫天是奶色蓝天，洁白的轻质晨云，为日出准备了最纯净的美好天空。

中年男子并没有欣赏日出的打算，当热情活泼的女学生们把这名同胞强行拽出屋子时，太阳已经出来了。晨风从贝加尔湖的冰面吹来。大学生们的歌声是突然袭来的，男大学生的口琴，一下子就把孤独者导往他熟悉的心路，女学生们善解人意及专业的乐感，把旋律诠释得温暖深情而丰富，在纯净辽远的冰雪中，折光闪耀着无限的忧伤。俄罗斯小旅馆的女主人置身队列，在帮着打节拍：

  ……
  多少年以后　如云般游走
  那变换的脚步　让我们难牵手
  这一生一世　有多少你我
  被吞没在月光如水的夜里
  ……

  本来一直在耳机里听着男歌手歌唱的中年男子，猝不及防地和这些显然专业的合唱女声相遇，他的心忽然就紧缩起来，紧缩着、不断紧缩着，就像被高压警棍电击，随后那颗孤独焦裂的心就爆燃了。在那清澈、甜美和声所刻画的意境里，他第一次听到了球童包括但不止于爱情的、对美好生活的憧憬与向往。

  ……
  多想某一天　往日又重现

我们流连忘返　在贝加尔湖畔

　　多少年以后　往事随云走

　　那纷飞的冰雪　容不下那温柔

　　这一生一世　这时间太少

　　不够证明融化冰雪的深情

　　……

　　小旅馆门口，靠在堆满积雪的木护栏上的男人，一直面对冰金色的湖面朝辉。那些特意献歌于同胞的美好学生，不能分辨他是在欣赏歌声、欣赏冰雪朝阳，还是在欣赏晨风中欢乐追逐的几条狗。没有人注意到，男人的墨镜下面，一颗泪珠沿着鼻梁无声滑落。

一稿 2017.10.16
二稿 2017.11.09

后记　摔上门之后，世界开始生长

那天，那个朋友说，你为这歌写个小说好不好，我说不好。他说写吧，我说不。一首歌变成一个小说，有点荒唐。他说，我把歌先发你听听吧。《贝加尔湖畔》就来了。歌是好听的歌，里面前后有两声充满故事的用力关门声。最后，我说，我写吧。他说了三个词：神秘、爱情、悬疑。再然后，我大概听了一百多遍《贝加尔湖畔》，听到了两百多次充满故事性的用力关门声。我必须由此创造出一个神秘的、爱的、悬疑世界。它只能在湖畔的旋律中，在我黑暗的左右脑叶中，一点一点从无到有。

现在，我已经远离了这个歌曲生长的故事。小说在《当代》刊发后，又经《北京文学·中篇小说选刊》《小说月报》等转载，先后进入了《收获》《扬子江评论》《北京文学》的2018年度小说排行榜。这样的起泡方式，使它有机会和更多的读者相遇。我不知道读者是否也会和前年的我一样，被歌曲里的摔门声，摔进这个故事里，或者被这个小说血肉重塑一遍这个曲子。时隔两年多,今天,我自己再听《贝加尔湖畔》时,依然为里面的摔门声所触动。当然,这首曲子,不止有摔门声——它只是触发开关。李健的声音,有刚刚好的深情,刚刚好的性感与理性。在小说里,这个决绝的摔门声响,于我,意味着惨烈的纠偏,意味着普通的个体的超限反抗。面对秩序的藐视者、践踏者,如果你左右无人、孤独无依,强权恶势又步步紧逼的时候,这种对抗就会情愿玉石俱焚。美和恶,同归于尽,这是一个卑微个体,最绝望最强悍的选择。在这个小说里,美,就是卑微者对抗恶势力的全部库存。这个美,不仅包含着青春、美貌,还包括力量、爱情、健康、遐想、温馨与未来,是一个个体,乃至一个普通人家在人间的所有美好。这就是歌里的所有感伤与美丽。也是"甜蜜点"的点题——

> 所谓"甜蜜点",指的是在击球的瞬间,球与杆面发生的最佳接触区域。如果击球的部位正好在"甜蜜点",我们可以认为能量没有损失,打出的球会又直又远。反之,离"甜蜜点"越远,能量损失就越大。

现在,你再看它,是不是也感到杀机沉潜?
我们手无寸铁,外无靠山,只有血性的魔方。
有个读者说,你为什么不让那个球童免死呢,那一夜,你可以让她和那个蒙冤的扫黑警察怀孕啊。这读者真是聪明又善良，可是，我能让她怀孕，我能让天下所有的复仇者，都有机会怀孕免死吗？没有。现实没有那么浪漫。

写作中被我打扰的男女球童们，黝黑、健康、辛劳又结实，笑起来都很美。他们看剧、听歌、练球、陪打，他们不会也不需要在《贝加尔湖畔》的歌里，听到什么人间不平事，一点生活工作的小烦恼，只要有爱情或暧昧，或一点小奖励，甚至遇见好天气，就可以缓解消弭。我要记得送球童长一本书。

扫黑警察那么帅，他们玩命护法的时候，总是默然无言也无人记录；他们把百科全书那么厚的判决书偷偷借阅于我时，小心谨慎到完璧归赵才心安；还有痕迹专家们，他们看透人间痕迹下的所有秘密，但是，往往也无法看透人间。

何况一首歌的出发，何况两声摔门声。我依然有长路要走。

感谢所有的帮助者，所有的感受者。在此道谢，也在此道别。当你阅读，我已远行，而且，我不再返回此地了。